亦舒精選集

她比煙花寂寞

香港的經典——亦舒

數十年以來，亦舒為讀者寫下了三百多個都市故事，創造了經典的都市女性，蔣南孫、喜寶、黃玫瑰等，不一而足。

二〇二三年，我們隆重推出「亦舒精選集」，初步計劃是三年內出版三十種。

從亦舒三百多部作品中精挑三十種，並不是一件輕鬆的事，根據讀者反映及作者意見，將分為經典之作、作者自選及影視作品。

亦舒出道近六十年，和天地圖書的合作也有四十多年，過往眾多舊作已缺貨，現重新編輯設計，出版精選集，既方便讀者收藏，也希望吸引新讀者關注這位成名數十載的香港作家。

亦舒筆下所寫的，多是獨立女性的故事。

我們期望一代又一代的讀者，能夠在亦舒筆下的世界裏，找到自己熟悉的背影，成為一個思想獨立的人。

天地圖書有限公司　編輯部

二〇二三年四月十一日

www.cosmosbooks.com.hk

書　　名　亦舒精選集 —— 她比煙花寂寞

作　　者　亦　舒

責任編輯　吳惠芬

美術編輯　郭志民

出　　版　天地圖書有限公司
香港黃竹坑道46號新興工業大廈11樓（總寫字樓）
電話：2528 3671　傳真：2865 2609
香港灣仔莊士敦道30號地庫（門市部）
電話：2865 0708　傳真：2861 1541

印　　刷　亨泰印刷有限公司
柴灣利眾街德景工業大廈十字樓
電話：2896 3687　傳真：2558 1902

發　　行　聯合新零售（香港）有限公司
香港新界荃灣德士古道220-248號荃灣工業中心16樓
電話：2150 2100　傳真：2407 3062

出版日期　2024年2月／初版・香港

ISBN：978-988-201-372-8

她比煙花寂寞

冬夜，縮在家中聽電話，真是樂事。

是娛樂版老編打來的。現在的編輯雖然仍依俗例稱「老」什麼，但實際上絕不老，年紀同我差不多，廿餘歲，女性，聰明伶俐，禮賢下士，八面玲瓏。

她在磨我要稿。

——「你最熟姚晶了。」她說。

「姚晶生前是最紅的明星，誰不熟她，問題是，她同什麼人最熟，」我笑，「她同我並不熟。」

「你訪問過她兩次。」

「那算什麼，有人訪問過她兩千次。」

「但你寫得好。」

「這種大帽子我不愛戴。你們這種行走江湖的人，什麼好話說不出來，一點誠意都沒有，寫得好不好我自家知道，還有，套句陳腔濫調：讀者的眼睛是雪亮的。」

她哈哈的笑。過半晌說：「寫吧。」

「我現在不寫這個。」我仍然不肯。

「不寫還寫紅樓夢後四十回不成？」

「你別管。」

「給我面子。」

「不給。」

「付足稿費給你。」

「不寫，我不等錢用。」

編姐說：「但你喜歡姚晶呀。」

「是的，我喜歡她，那麼美麗的面孔上有那麼奇怪的滄桑。不笑的時候像是擔着全世界的憂慮，一笑之下展若春花，陽光普照。」

「就這樣寫好了，算是對你們相識一場的紀念。」

「我不愛寫已過身的人。感情等到對方去世後才發洩，變得太瑣碎，戚戚然活脫脫小人模樣。」

「真不寫？」

「你自己動筆好了，升了老編封筆，將來一支筆生鏽，你就知道苦。」
「你考慮考慮，我給你十分鐘。」
「不用了。」
「她明天舉殯，你去不去？」
「不去。」我說：「我沒有興趣做戲給不相干的人看。」
「你倒是頂絕的。」
「活的時候為什麼不對人好一點？因為有競爭的緣故。死人少了威逼力，馬上一個個成為安琪兒，這個代價可大了，」我笑，「我情願做個十惡不赦的活人，穿真絲睡席夢思，也不要做一個人見人愛的死人。好死不如惡活，我的思想早就搞通了。」
「你到底在寫什麼？」編姐忍不住問：「報館說好久沒看到你。」
「你別笑我，我在構思寫一本小說。」
編姐還是轟然大笑，「我真不明白，小說也是文章體裁的一種，有什麼了不起，現在那麼多人要閉關寫小說？」

我呆半晌，「小說有好有壞。」

「人物素描也有好有壞，你再考慮一下，當是幫幫忙。」她掛上電話。

我抱住膝頭看天花板。

姚晶，漂亮的女明星，在電視上發展燦爛。斯文、有修養，談吐不俗，有性格，生活是生活，戲台是戲台，不喜以私生活作宣傳。

她有無懈可擊的臉形，身材屬修長纖秀類，極少以泳衣亮相，演技精湛。年齡是一個謎，大抵三十歲上下，或許三十一、二。皮膚細潔白膩，不肯曬太陽，夏日在戶外拍戲時以毛巾幪頭，只露出雙眼，有記者獵得此類照片，別有懾人風味，打扮如阿拉伯土王之禁臠。

不是一個淺薄的女人。

她卻在前日因心臟病去世，如一顆明星在深藍色天空中隕落。

因有兩面之緣，讀到這則新聞時甚為震驚。

人總要死的，紅粉骷髏只一線之隔，惆悵之餘，慶幸她因病逝世，最怕看到自殺新聞。

第一次見她，是編姐替我聯絡的。三年前，她已大紅大紫，不肯輕易接受訪問。得到這個機會是因為我們報館名氣大，夠正派，當然，還因為那時候，她有消息要發表。

我們並沒有約在大酒店的咖啡室。

地點是她的家。

我首先有了好感。約在家中，多麼有誠意，即使在郊外，我還是趕了去，興致勃勃。

我並沒有像一般採訪者手拿錄音機，背揹大布袋。我穿得很斯文，這是我多年來作風，堅持在最惡劣環境下維持淑女外形，永不穿牛仔褲球鞋，現在還沒打仗，不必打扮得像淪落在戰壕中格局。

女傭人來開門。

她在客廳中弄花。見到我，抬起頭來，一雙眼睛如寒星般發出晶光。

她穿長絲棉襖，平底鞋，踏步過來，說：「我是姚晶，你是徐小姐？」

「是，我是徐佐子。」

我馬上覺得，她是明星中的明星，魅力非同凡響，一亮相，三言兩語間，已被她征服一半。

她招呼我坐，問我要喝什麼，非常周到。

敷衍功夫是好的，但不覺虛偽。

我四周圍打量，早上十一點半，屋子裏已井井有條，冬日光線柔和，落在大方素淨的陳設上，益顯得地方寬大舒適，並不似一般女明星所喜的那種誇張豪華的派頭。

她身上的衣服也如此，真絲藍灰色面子的袍子，肉色絲襪，頭髮攏腦後，精緻的面孔如一朵雪白的梔子花般。

我的確嗅到花的幽香。

要過年了，高几上放着密簇簇的一大盤蟹爪水仙花，已開了一小部份。

我覺得很舒服很鬆弛。

這個客廳裏也許招呼過無數大商賈及製片家，我這個客串記者應感到光榮。

她微笑，「徐小姐要問什麼？」

我欠欠身，「姚小姐想說什麼？」

她笑容展開，美得使我詫異。她的雙眼瞇起來是媚態畢露的，但一嘴小小顆晶瑩的牙齒卻添增稚氣。

我在她笑容的攻勢下有點心慌意亂，連忙說：「那麼我隨便說話。」

她用手托着頭，等候我發問。

一看就知道，這種姿勢她已經練過一千次一萬次，十分嫻熟，一顰一笑，莫不恰到好處，工多藝熟，永不出錯，但由她做出來，不愧是賞心悅目的。

我並不是個沒有經驗的記者，在美國實習的時候，我接觸過達官貴人以及販夫走卒，上至國會參議員，下至貧民窟賣淫女，我都採訪過。

但這樣軟性的一個主角，使我口澀。

「本名就是姚晶嗎？」我記得問。

「姚晶這名字俗不俗？」這就是表示不想說出真實姓名。

查一查立刻水落石出，但當事人不想提，咱們就要靈活一點。

「這一陣子倒是空閒？」我閒閒問：「沒有登台？」

她很意外，「但我從來是不登台的。」

我臉紅，喲，沒做功課可就跑了來，出醜出醜。

「徐小姐剛自外國回來吧。」她很大方的體諒我。

我立刻說：「也不算是天外來客。對，我想起來，姚小姐說過決不登台。」

「我是演員，不是江湖耍雜的。」她輕輕說。

聲音中有無限驕傲，打那一刻起，我知道必然有恨她的人，與眾不同是不行的，還那麼刻意的表明立場，更加吃虧。

她氣質不似女演員。

演員的情緒很少有這麼平穩，特別是女演員，十三點兮兮的居多，否則如何在台上表演那麼私隱的七情六慾。

我攤攤手，「我沒有什麼好問的了。」

她雙目中閃過一絲亮光，「問我什麼時候結婚。」

「啊，」我低呼一聲，「你要結婚？」大新聞。

「是。」

「什麼時候？同誰？」

就在這時候，有一位男士自複式公寓的樓上走下來。

姚晶立刻站起來迎上去，「親愛的，有記者訪問我呢。」她如小鳥般喜悅，彷彿接受訪問實屬第一次。

那男人很端莊很正派，但神色有點冷漠。

姚晶替我介紹，「我未婚夫張煦，這是新文報的徐小姐。」

張先生根本沒把我放在心中，只淡淡打個招呼，以示愛屋及烏。他隨即出門上班去了。

我笑問：「是圈外人吧？」

姚晶欣然點頭。

隔了一會兒她說：「他是大律師。」悄悄的有壓不住的喜氣洋洋。

我很意外，這麼紅的女明星，什麼世面沒見過，也為終身有託而喜心翻倒，多麼感慨。

「快了吧。」我說。

「明天我們一起到紐約去，他家人在紐約。」

「張煦，張——」我猛地想起來，「可是張將軍的什麼人？」到底我在紐約住過了好幾年。

她抬抬眉毛，「徐小姐，你真聰明，他是張將軍的孫兒。」

「恭喜你，旅行結婚。」

「是的，麻煩你同我的觀眾說一聲。」

「這是我的榮幸。」

她又笑了。「吃些點心才走，外頭冷呢。」

她轉身去吩咐女傭人。

背影很苗條，香肩窄窄。

女人一長得好立刻給人一種卿何薄命的感覺。

她回來時更加情緒高漲，同我說：「徐小姐，我們可算一見如故。」

這倒不是假話，她很少接受訪問。

我問：「婚後要退休？」

「也不一定，把話說僵了不好，世上哪有百分之一百的事，」她側側頭，「為自己留個餘地好很多。」

聰明女。

太看得起自己的人往往落得叫人看不起：一定會升職，一定會嫁出去。一定脫離這個圈子……啥人做的保？

我見沒事，便告辭了。

啊對，照片，問她要照片。

她說：「我先生的工作……他不方便亮相在娛樂版上。」

那麼她的照片。

「報館是一定有的。」

我唯唯諾諾。

她送我到門口，「徐小姐，有空來坐。」

我忽然滑稽起來，「是嗎，你記得我是誰？我真能來坐？」

她輕輕白我一眼，「你叫徐佐子是不是？」

我笑。

她的司機送我到報館。

一次很愉快的經歷。

我為她寫篇很驚艷的印象記。

編姐自此一口咬定我是她的好搭檔。

自那次之後，每次見到漂亮的女人，總愛在心中作比較：也算不錯了，但比起姚晶那種玲瓏剔透的美，似還差了一着。

主要是這群年輕的女孩子太浮，認為青春是一切，青春是花不完的，因此非常的囂張，三分鐘內道盡悲歡離合，人生大計，事無不可告人者：如何同男人瞓覺，怎樣向上爬，成則誇誇而談，敗則痛哭失聲，但事後又是一條好漢，都有着廉價的塑膠的金剛不壞身……

小說中女主角怎麼可以有這種性格？

即使是血肉模糊的社會小說，人物個性也還得昇華一點。

一次見面之後，我成為她不貳之臣，永恆的捧場客。

婚後她並沒有退出她的圈子，反而更加活躍。

張先生絕不同她一起亮相，很少人見過他，我是唯一有這個榮幸的記者。

他們都愛問：他是個怎麼樣的人？

我也只不過與他有一面之緣，很難形容。

求仁得仁，為之快樂，相信姚晶千挑萬選，才揀着他，既然如此，其他一切可以容忍。

為什麼我會那樣說，因為兩個生活方式、出身背景完全不相同的人，在一起為求貫通融滙，無限度而痛苦的遷就是必須的。

以姚晶這麼成熟而聰明的女人，一定可以應付得來，她是顧大體的人。

中年以後，終身伴侶的份量日漸增加，比財富名氣都重要，相信她也明白。

我很放心。

三年後，姚晶親自打電話到新文報，指明要見徐佐子，她要說一說外界傳她婚變一事的真相。

我真是受寵若驚。

那時我已調到經濟版，工作枯燥不堪，姚晶的寵召使我揚眉吐氣。編姐見又可得獨家頭條，在我出發之前親吻我的手。

這個可愛的勢利鬼。

二見姚晶，印象與第一次完全不同。

她仍稱我徐小姐。

姚晶的頭髮燙了新樣子，是那種仿三十年代皺皺的小波浪，有些淩亂美。

她穿着黑色最時款的新裝，見到我迎出來，有很明顯的焦慮神色。

「徐小姐，你來了真好。」她些微激動。

家中的陳設並沒有變，地毯換過了，以前是淺藍色，現在是一種自來舊的灰紫，很幽雅。

姚晶並沒有馬上入題，她說：「徐小姐，你的記性真好，心真細，自從上次你為我寫過訪問之後，我一直覺得只有你能看到我的內心。而且，你知道什麼可以寫，什麼不可以寫。」

我很意外的抬起頭，如此稱讚，實不敢當，她並不是敷衍我，無此必要。

姚晶為着掩飾輕微的不安情緒，斟出一小杯琥珀色的酒，緩緩喝一口。

女傭人給我沒有糖只有牛奶的紅茶。姚晶的記性也好得無懈可擊，這些小小的周到令我心銘。

她心中是有我這個人的。

她終於說到正題：「你說我會不會離婚？」

問得好奇怪，因為她語氣真有詢問的意思。

我沉吟一會兒，答說：「不會，你不會離婚。」

姚晶吁出一口氣，「是的，我怎麼會離婚。」

「張先生呢？」我問。

「他在紐約。徐小姐這一陣子有無返過紐約？」

「你怎麼知道我自紐約來？」我笑問。

「你們的行家告訴我的。」她微笑。

我說：「外頭傳說，一概不必理會。我幫你澄清這件事。」她點點頭。

她又再斟一杯酒。

黑色的衣服使普通的女人憔悴蒼老，是以我本人絕少穿黑色，誰需要巫婆式的神秘感。但姚晶穿黑色頂適合，襯得她膚光如雪。

酒添增她雙頰上的血色，她放下酒杯。

「徐小姐，你認為外頭的傳言有多少真實性？」

「我不知道，我沒看過。」她怎麼會問我。

「為什麼你認為我不會離婚？」

變成她訪問我了。

我分析說：「維繫婚姻有許多因素，有些人為求歸宿，有些人為一張護照，也有人為愛情，為飯票，或為揚眉吐氣，林林總總，數之不盡，關係千絲萬縷，目的未達到之前哪兒有那麼容易分手。」

她沉默。

我心中打一千個問號。我與她真是泛泛之交，況且記者一支筆，天馬行空，什麼寫不出來，她不怕？不過你可以說她沒看錯人，我並非有言必錄的那種記者。

「你說得對。」她恢復神采。

「或許你應當鬆弛一點，」我建議，「在公餘與朋友吃杯茶，搓搓牌。」

她微笑，「你有朋友嗎？」神情很是落索。

「不很多，但我有。」我說：「那是因為我身不在最高處。」

「有男伴？」她又問。

「有。」彷彿很幸福的樣子，「是報館同事。」

「你們在戀愛？」

「不，不是戀愛，戀愛是全然不同的一件事。」我亦微笑。

她完全明白我說什麼，這美麗剔透的女人。

水晶甑中插着大束百合花，有股草藥的清香。

「別想太多。」我說。

她點點頭。「我等着看你的文章。」

是她親自開着一部大房車送我回家。

天氣冷，她肩上搭着件豹皮的大衣，風姿嫣然。

我訝異，「現在還准獵豹皮？」

「這件是狐皮染的，姬斯亞牌子。」她說。

我說：「本地做的皮子樣子就是土，穿上都像少奶奶，一脫下就可以進廚房。」

姚晶哈哈笑起來，「徐小姐，你這個人太有意思了，我真需要你這樣的朋友。」

我內心鬆一口氣。

她臉上寂寥神色至此似一掃而空。

「叫我佐子吧。」我說。

「我是個老式人，落伍了，慣於尊稱人家為先生小姐。」說着她按着車子上無線電，播放出白光的歌聲，醇如美酒。

她輕輕說：「現代人連沉嗓子與破嗓子都分不清了。」

我不知如何搭腔，幸虧那時已到了家。

無限的依依，我與她握手。

我很傻氣的說：「姚小姐，你放心，我一向知道什麼可以寫，什麼不可以寫。」

她與我交換一個感激的神色，把車子開走。

稿子第二天便登在報上，為她闢謠。

她打電話來，我碰巧聽到。

辦公室多麼吵鬧，不方便詳談，只是向我道謝。

我答應與她出來吃茶。

報館裏同事開始稱我為「姚晶問題專家」。

她內心極端寂寞苦楚，我看得出來。不過控制得很好，這個婚並離不成。她是為結婚而結婚的，怎麼會得輕易分手，她需要這個名義，代價再高也要維持下去。

我問行家：「姚晶的丈夫在外頭玩？」

他們答：「你什麼不知道，反而來問我們。」

張煦先生留在紐約許久，女友是一名華裔芭蕾舞孃，非常的年輕，非常的秀美。他不大回來了。

我無言。

我與姚晶都忙。我在收集資料，想寫本小說。而她，在拍一部小說改編的電影。

我們一直沒有碰頭去吃那頓茶。

我懷疑她後悔向我說得太多，並且說過也算了。

然後，在上個星期五，消息傳來，她在寓所中心臟病猝發逝世。

女傭人看着她嚷不舒服，接着倒地，立刻召救護車，證實在送院途中不治。

沒有人知道她心臟有病。

目前看來當然可惜，五十年後倒算是一種福氣。去世的時候那麼漂亮，她給人們的記憶將是永遠完美的。

太殘忍？不不，往往在電視上看到白頭宮女話當年，心裏就想，怎麼如此沒個打算，要不歸隱家中，要不脫離塵世，怎麼會一樣都做不到。

夜很深了，我睡不着，我在記念姚晶。

據報上說，她去世的時候，張先生並不在她身邊。

照老規矩他在紐約。

姚晶誠然有數十萬觀眾，但距離太遠，接觸不到。

電話鈴又響。

編姐的聲音：「考慮完沒有？」

「考慮好了。」

「交五千字吧。」

「我的答案是不寫。」

「去你的。」

我笑，「不要緊，你罵好了，你不要我寫，我請你吃飯。」

「咄！你替我寫，我請你吃飯，」她說：「誰請不起一頓飯。」

「你老還在報館？」

「是的，小姐。」

「你乾脆鋪張床在報館睡，以示精忠報國。」

「楊壽林豈不是更應得忠臣獎？他就差沒在這裏洗臉刷牙淋浴。」老編說。

「他不同，將來新文報是他的事業。」我說。

「你就是咱們未來的老闆娘了。」

「聽聽這種江湖口吻，傳了出去，又該變成『徐佐子鼻子大過頭，此刻已以新文報未來老闆娘自居』，何苦呢。」

「你在乎別人說什麼嗎？你不是天下第一號瀟灑人物？」

我只好乾笑。「我還一句句去分辯表白呢，這與瀟脫無關，我只是沒有空。」

「現在流行事無不可告人者。」她笑。

「是嗎，這麼可愛？閣下今年什麼年紀？說來聽聽，四十二還是四十五？事無不可告人者！都是作大畢業生，我告訴你，將來這個城市垮台，不是為其他因素，而是吹牛皮的人實在太多，把它吹爆了。」

「你與楊壽林到底怎麼了？」她說。

「半天吊着。」

「走了也三年多了。」她說。

「喂，別揭人私隱，還不睡？」我說。

「再見。」編姐說。

我保證打現在開始，總有三十萬字是為哀悼姚晶而寫。

做觀眾總比做戲子高貴，做讀者永遠勝於做作者。

我的嗜好是看報紙副刊，一邊看一邊發表意見：唔，這個還不錯。咦，這篇神經。啊，此專欄終於搬至報尾，不久可望淘汰出局……報紙多麼便宜，娛樂性多麼豐富，尤其是雜文專欄越來越多的時候，事無巨細，作者都與陌生人分享，別吃驚，連床上二十四式都有人寫，太偉大了。

我始終懷疑有求才有供，所以並不敢看輕任何一種體裁的文章，總有人看，百貨應百客，誰也不愁寂寞。

我沒有睡着，也許是為姚晶難過。

一把火之後，從此這個人消失在世界上。

但活着的時候不知要鬥倒多少人才踏上寶座。

在姚晶的世界裏，人是踩着一些人去捧另外一些人的。弄得不好，便成為別人的腳底泥，一定要爬爬爬，向上爬，不停的爬，逗留往最高峰，平衡着不跌下來，一下來就完了，永遠顫抖自危。可怕的代價，可羨的風光。

我有什麼關係，我只是一個觀眾，花錢的大爺，一覺甲不好看，馬上去看乙，可恨可愛的群眾。

我抽了許多支煙，天才濛濛亮。

電話鈴響，是楊壽林。

「出來吃早餐。」

「什麼？我一夜未睡，怎麼吃早餐。」

「昨夜做啥？」

「壽頭！不告訴你。」

「別人都叫得我壽頭，獨你叫不得，你一叫便是告訴人只有壽頭才喜歡你。」

我笑。

「吃完早餐再睡，反正有我陪你。」

「說話清楚點，切忌一團團，我只陪吃飯，不陪睡覺。」

「出來！」他大喝一聲：「少說廢話。」

我氣餒，「十五分鐘後在樓下等。」

楊壽頭又馬到功成。

我根本不敢與他爭，廿六歲了，總共才得他一個男朋友，換身邊人及換工做需要極大的熱量，我長期節食，根本沒有多餘的力氣。

照照鏡子，梳洗完畢，在樓下等壽頭。

壽頭不是開車子來的，他步行，精神抖擻，完全不似一夜未睡。

我失聲問：「車呢？」

「壞了。」

「一年三百六十五日，尊座駕總有三百日臥床，比林黛玉還矜貴，」我抱怨，「告訴過你，歐洲車不能開。」

「我同你說過不用東洋貨。」他朝我瞪眼。

「識時務者為俊傑，意大利人何嘗未曾在八國聯軍時欺侮過咱們。」

「佐子，你的話多如飯泡粥。」

我不響了。

「為何悶悶不樂？越不開心，你話越多，高興的時候，你頂多吹吹口哨。」壽頭說。

我不出聲。

我們兩人都喜歡吃西式早餐。豐富的白脫果醬羊角麵包，煙肉雞蛋，牛奶紅茶果汁，吃完之後足足十個鐘頭不想其他問題。

每當吃飯的時候，咖啡座陽光璀璨，我就覺得活着還是好的，並且壽頭應當向我求婚。

編姐曾問我「壽頭」是什麼意思。

我說這是上海話，約莫等於北方人口中的冤大頭，或是廣東人之老襯，有訕笑意味，並無太多惡意。

壽頭並不介意有這個綽號，打七歲開始，小學同學就這麼叫他。
壽頭身邊的傳呼機作響，他取出看，「報館找我。」馬上跳出去覆電。
他似乎真的需要這種儀器，身兼新文日晚報之經理，他喜歡攬事上身。
回來他同我說：「找你的，佐子。」神色訝異。
「是編姐不是？」我說：「還死心不息。」
「不是，是陳王張律師樓。」他說。
「不認識。」我繼續吃茶。
「有關姚晶的遺囑。」
「姚晶的遺囑？」我呆住，「關我什麼事？」
「是很奇怪。」壽頭說：「叫你盡快同他們聯絡。」
「是不是錯誤？」
「不會。」
我用布巾擦擦嘴，「我去打電話。」
我借公用電話打過去。「我叫徐佐子。」

「徐小姐，請你立刻到我們寫字樓來一次。」他們如獲至寶。

「為什麼，什麼事？」

「你來了不就知道。」

「先告訴我是什麼一回事？」我說。

「好吧，」他們無奈，「有關姚晶女士的遺產。」

「什麼？」我不相信雙耳。

「姚晶女士把全部遺產贈予你。」

這次我張大了嘴，聲音也發不出來。

過了很久很久，我說：「馬上來。」

這是不可能的事，我不住同自己說，怎麼會。

我回到桌子上，同壽頭說道：「快付賬，我們到律師樓去。」

聽到這件事，壽頭也呆住。

「你同她不熟呀。」他說。

「我們只見過兩次面。」我說。

「她怎麼會這樣做？她難道沒有親人麼？」

在車中我把整件事仔細歸納一下。

一個普通人，正當盛年，是不會去立遺囑的。去世後，產業自動歸於配偶子女。

姚晶卻特地寫了遺囑，把她財產給我。

為什麼是我？一個只見過她兩次面的新聞記者。

我同她有什麼關係？素昧平生。

她父母是否在世？她有沒有兄弟姐妹？給公益金也好，怎麼會想到我？

「下車。」壽頭說。

律師在等我們。

我在辦公室內，他們宣讀遺囑：「我姚晶，原名趙安娟，將我所有，在死後贈送徐佐子女士。」

我與壽頭面面相覷。

壽頭問：「遺產總共包括些什麼？」

律師說：「現金二十萬美元。」

壽頭看我一眼，「全部？」

「全部。」

我並不怪壽頭感到意外。二十萬美元對於一個普通人來講，譬如說我，簡直是保證下半生生活的鉅款，但她是姚晶——怎麼可能只有這一點點，也許是給別人了。

律師的反應與感覺同我們完全一樣，「真沒想到她僅有這個數目。」錢都到什麼地方去了？

律師說：「我們會替你辦理手續，這筆錢會存入你戶口，請過來填一些表格。」

「我可否拒收？」我問。

「我們的職責是把它交在你手中，至於你怎樣處理這筆款項，我們無權過問。不過我猜姚小姐希望你親自享用這筆錢，如果她要交給慈善機關，她可以這麼做。」

我手足無措，填妥文件，與壽頭回家。

他也被這件事困惑，連玩笑也不同我開了。

我把編姐小梁給找了來，一同討論這件事。

編姐睜大眼睛，隨即運用她天賦的新聞觸覺：「這麼說來，她同她丈夫的感情是有問題了。」

我說：「可是她丈夫是湘西張將軍之後，富甲一方，他何必要這二十萬美金？」

「可是這是另一件事，理應是給他的。」

「她還有什麼親人？」

「不清楚，她一向不以私生活做宣傳，誰也不知道。」

「市面上那麼多秘聞雜誌，八百年前的底他們都有法子掀出來。」

「但是姚晶不是他們的對象。」編姐說：「姚晶沒有緋聞，她一向是演技派。」

「每個人都有些私隱，」我說：「追下去不會沒有結果的。」

「你想知道什麼？」編姐問道。

「我想知道，她為什麼要把錢給陌生人。」

編姐笑了，「這上下恐怕只有你一個人有那麼多錢去調查這種事，調查報告可以寫篇小說。」

我說：「我首先要見的是她的丈夫張煦。有沒有記者同他接過頭？」

「沒有，姚晶已經去世，他又不是這個圈子裏的人，何必賣賬給我們。」

壽頭說：「他會見佐子，佐子是他妻子遺產承繼人。」

「我來打電話。」我說。

「電話沒人聽。」編姐說道：「有人試過每三分鐘打一次。」

「房子是張家的？」我想當然覺得不是姚晶的。

「是租來的。」

「租？」我說。

「大家都太意外了，都以為是買的，裝修得那麼好。但屋主人說每個月六萬元，租與他們夫婦，已經有三年。」

我感覺到蹊蹺。六萬元月租！跡近天文數字。

「為什麼要這麼貴？」

「那個地段，那種獨立式的洋房，很多時候出了錢沒處找。」

「我先見房東。」我說。

「你先睡一覺才真。」

我很快在司閽處找到房屋管理處的地址，自那裏我找到租務公司負責人。

我知道自己不像是付得起六萬元月租的闊小姐，故此稱是某公司某老闆的女秘書。

代理人馬上相信了。

他很欣喜，稱讚我老闆消息靈通，因為這種近市區的花園洋房，可遇不可求。

「可是聽說以前的住客在屋內去世。」

經紀人一怔。

「我老闆及其夫人倒是新派人，不計較這些，但是老人家便不甚喜歡。」

「這……」經理人甚感為難，「徐小姐，你既然上來了，當然是你的委託人對這幢房子有意思，大概他們要求減租吧。」

「嗯。」

「以前租給姚小姐足足六萬元，不加已經很好了。」

「是姚小姐向你們租的？」

「是，支票都是姚小姐簽名。她本名叫趙安娟。」

趙安娟，我在律師樓聽過這個名字一次，無法將之與姚晶聯繫起來。這麼平凡的名字：趙安娟。大概一叫，隨便哪個街市總有三五個主婦會得轉頭來應：「叫我？」

姚晶的本名竟叫趙安娟。

「住了多久？」

「到三月足足三年。」

繳了兩百多萬的租，我的天。

「你們的房子不賣？」

「姚小姐也問過，當年的售價是九百五十萬。姚小姐笑說她情願把這筆款子放銀行中，把利息交租。」

姚晶並沒有這筆款子。

「真的不能減租？」

「不可以了，我們可以代為裝修，當然是有限度的。」

我說：「那我回去報告一下。」

「徐小姐，那實在是一所美麗的洋房。」

我告辭。

心中隱隱已知姚晶的錢到什麼地方去了。

這樣龐大的開銷，原來由她支付，為什麼？

為什麼她丈夫張煦不負擔家用？

我立刻找到編姐，與她約摸算一算姚晶過去三年的收入。

「她拍了十部電影，每套傳說是四十萬酬勞，應該是四百萬。」編姐說：

「要打個折扣，如果是別人，得打對折，姚晶呢，至少也要來個七折。」

「尚有兩套電視長劇——」

「那個不算數，片酬有限，折三十萬吧。」她對娛樂圈極熟。

我的結論是：「她簡直入不敷出。」

「但是我們都以為她根本不必為生活！」

我心情沉重，「張煦是空殼子？」

「不不不，」編姐搖頭，「你紐約有親戚，出去打聽一下便知道，多少華爾街大亨還以拍張將軍的馬屁為樂。張煦是真正的王孫公子，絕無虛假的。」

「那麼他的錢沒有落在姚晶手中。」

「這是可以肯定的事了。」編姐說。

「首飾呢，」我問：「姚晶連房子都沒有？」

編姐幽默的問：「你嫌美金不夠？」

我推她一下。

「你打算把這筆錢怎麼辦？」

「我不知道，或許捐個姚晶獎學金。」

她點點頭，「我也猜你會這樣做。」

我還是要設法找到張煦。

他高貴端正的臉，冷漠的神色，略帶倨傲的神色，他祖父是從前帶兵操生殺大權的將軍，雄霸一方，抽身得早，攜同財產落籍美國。

他父親是著名的實業家，長袖善舞，聲名煊赫。

而他自己，姚晶曾喜孜孜地同我說，他是大律師。

我心酸。

天曉得姚晶在世，受過些什麼委屈，事情看來不簡單。

我跑到楊壽林的爹、新文日晚報的出版人兼主筆、我的老闆處，要求他替我想辦法，讓我見一見張煦。

來龍去脈都說明了，楊伯伯有無限訝異。

真的，沒有人會相信我有這樣的奇遇。

「張煦真是入雲龍的孫子？」他問。

「誰是入雲龍？」我瞠目。

「張將軍的綽號。」他笑，「你年輕，不會曉得。」

我沉默。把整件事交給楊伯伯。他是我的靠山。

「我相信我可以做得到，」他說：「我去領事館探聽一下。」

「那位入雲龍張先生，還健在嗎？」我問。

「十分健康，應有九十多了。」

「嘩。」不可思議。我滿意的告辭出來。

楊伯伯神通廣大，有本事的男人真叫人欽佩，好比一棵大樹，咱們婦孺在他的蔭庇下，乘涼的乘涼，遊戲的遊戲，什麼也不擔心，多麼開心。

是編姐先同我聯絡。

「他們找到張煦了。」

「誰是他們？」

「秘聞周刊們的記者，成日守在他們的住所，專候他出現，又追蹤他到市中心，結果發覺他住在領事館。」

真偉大，如果不是為着娛樂廣大讀者，這班記者鍥而不捨的精神直情可以獲一百個普立茲獎。

「怎麼進去呢？」我歎口氣。

「傻瓜，你託一託你未來家翁，不就解決？」

「我反對你用這種曖昧的字眼，」我說：「我與楊伯伯止於賓主關係，你不可以把編娛樂版的誇張態度搬到現實生活中來，人家會以為我想嫁想瘋了。」

「想瘋了的大有人在，不是你，那好了吧。」

「我要休息，不同你說。」

實際上也頭痛欲裂，一碰到床便睡着了。

看到姚晶，坐在她家的沙發上，穿件低胸衣裳，戴雙黑手套，默默無言。

「姚小姐，」我走過去，「姚小姐。」

她沒有回答我。

「姚小姐——」那十步之遙走來走去像是走不到。

姚抬起頭來，美麗的雙眸似有訴不完的衷情，剛要開口，我就被電話吵醒，無限惆悵。

我接過聽筒。

「我是楊伯伯，替你約好了，張煦在老地方等你，下午四點。」

「老地方是不是他們以前住的地方？」

「是。」

我看看鐘，我的天，我只有半個小時。

「謝謝你，楊伯伯。」

「不客氣。」

我揭開被褥，跳下床。

電話又響。現代人沒有電話，根本不用做事了。

我一邊聽一邊換衣服，狼狽不堪。

是編姐，聲音很急促。

「我此刻沒有空，我轉頭給你消息。」我說。

「你是去見張煦？你一定要為我寫稿，你是唯一見到張煦的人。」她一副利字當頭的樣子的。

「編姐，你的態度令我非常反感，你只管新聞頭條，但是這件事現在變得很私人，我不能把這些事都變在報紙上，出賣別人與我之間的秘密。」

「你少跟我來這一套——」

我擱下電話，取過外套出門去，稍後她要生氣的話，便讓她生氣好了。

我在街上叫了車子，趕去姚宅。

編輯都是這樣的。要稿子的時候禮賢下士，落足嘴頭，或託有頭有臉的人來代約，或用金錢攻勢，一疊聲「好好好」，什麼苛刻條件都可以應允。

他們一定說成沒有閣下的大作，他的副刊雜誌或週報簡直不屑一讀。什麼都可以，直至稿子到他手。那時候輪到他兇。

那時候作者勿曉得文字什麼時候登出來，又更不知道稿費幾時發放，有時候不幸那份刊物關門大吉，手稿隨即失蹤，也不歸還，無論如何追，編輯去如黃鶴，同你來個不瞅不睬，若無其事，你推他，他推你，一點肩胛也沒有，一筆糊塗賬。

經驗積聚，要做這一行，記住要揀老字號，勞方交稿準時，資方不拖不欠。

最厲害是相金先惠。

編姐開頭也不是這樣的，以前她很有人情味，事事有商有量，此刻她變了許多，什麼都不管，至要緊她那版有人看，天天語不驚人死不休。

也許是必須這樣子。盡力於工作會給她帶來許多可以看得見的利益，繼而替她解決生活上的煩惱，致力於人情有什麼用？這是一個商業社會。她為適應環境而鬥爭，性格有所改變，也是很應該的，她沒有理由為遷就我們這些不相干的人而犧牲。

我很了解她，我也很欣賞她。

但我也有我的原則，叫我寫「我與姚晶之夫一席談」或是「我與姚晶的關係」以至「姚晶為什麼把錢給我」之類，除非有機關鎗抵住我脖子。

這種稿費怎樣賺？又不會發財，寫來無益。

一按鈴張煦便來開門。

他面孔上有說不出的哀傷。一套黑西裝更道盡心事。

女傭人斟出清茶來。

老房子的佈置同我以前所見一樣，只少了花束，女主人已經不在。
我坐在他對面，兩個人都不知道說什麼才好。
屋內靜得出奇，耳膜微覺不適，彷彿置身在配音間中。
張煦雙目紅腫。
過很久很久，我說：「姚小姐把遺產交給我。」
他點點頭，表示他知道。
我終於忍不住問：「為什麼？」
其實他根本不會知道。
張煦沒有回答我。他根本不關心姚晶的遺產給誰。
看得出他並不是不愛姚晶的，這種深切的悲愴不是可以假裝的。但姚晶在世時，他卻使她傷心失望。
「你要回紐約？」我問。
「是。」
我問：「幾時？」

「很快。」

我沒話好說，站起來告別。

張煦離開這裏之後，將永不回來，有什麼話現在不說，將永無機會。

我問：「姚晶還有親人嗎？」

「有父母，還有兩個姐姐。」

我非常意外，沒有想到姚有姊妹，她們幹什麼？長得美還是不美？

張煦說：「我也是昨天才知道。我從沒見過她們。至於她的父母，則在婚後見過一次。」

這麼隔膜！

「你有沒有他們的聯絡處？」

「等一等。」

張煦打開地址簿，抄寫給我。他動作恍惚，心事重重。

我終於忍不住問：「你可愛姚？」

他猛地一怔，別轉面孔，我雖看不見他的面孔，也知道問得太多餘。他哭了。

我唯一所得是姚晶父母的地址。

全間報館都找我，包括楊伯伯在內。

自然是編姐向他報耳神。

我進入社長室，楊伯伯單刀直入。

「娛樂版很想你寫姚晶。」

「我不想寫，現在她在我心目中的地位特殊得不得了。」

楊伯伯很了解的說道：「我明白，因此難以落筆，是不是？」

「是的。」

「好的，沒事了，我會同娛樂版說。」

出得社長室，我向編姐扮鬼臉，「勿要面孔，拿老闆來壓我。」

編姐啼笑皆非。

「怎麼，」我問：「沒朋友可做？」

「如果你替別家寫，當心你的皮肉。」

「這件事是不可能的。」我發誓。

「張煦傷不傷心？」她旁敲側擊。

「不告訴你，不然你一篇『據悉……』，又是三萬字。」

她忍不住以粗話罵我。

「太沒修養了。」我說。

「如果我下毒咒不寫出來呢？」

「你可以再說給別人聽，叫別人寫，世上沒有『我告訴你，你別告訴人聽』這件事，一個人知道，即人人知道，我是絕對不冒這個險的。」

「像你做人這麼當心，有什麼快樂？」

「你做人這麼不當心，難道又很快樂？」

「真說不過你的一張快嘴。」她不悅。

「那不過是因為我不受你利用，你就不高興。」

「好了好了，我們別反目成仇，反正將來受罪的是楊壽林，不是我。一塊兒吃飯去。」

晚飯當兒，她問我小說寫得怎麼樣。

「沒開始，十劃都沒有一撇。」我說。

「什麼樣的故事？」

「一個二十年代在上海出生的女作家的故事。」

「啊，影射小說，更下流了，未得人同意而寫人的故事。」

我白她一眼，「一個人出名到一定程度，他的名字便是大家的，既是公眾人物，有何不可？」

「真是狡辯，說來聽聽。」她呵呵大笑。

我也覺得不妥，可寫的故事那麼多，有本事就虛構一個。

「況且關於二十年代的上海，你知道什麼？這麼熱心寫你不熟的題材，當心變成閉門造車，一個個字硬湊在一起，非常造作矯情，一開頭就寫壞了，以後變殭屍了，沒有生氣。」

我很欽佩這番理論，「你挺懂寫作之道呀，為什麼不動筆？」

「說時容易做時難，一顆心靜不下來。」編姐苦笑。

「我聽人説，有天才的人，無論在怎麼樣的情況之下，都可以寫得出稿子。」

「是嗎，」編姐氣結，「那麼你來試試看，説不定你就是托爾斯泰。」

「我只想做亞嘉泰姬斯蒂。」

「『只想』？這口氣令人噁心，希望你心想事成。」

「你知道我最想是什麼？」我問。

「女人最想什麼？」她側側頭，「自然是美滿的婚姻生活。」

「對了，」我拍一拍大腿，「做不做文豪算了吧，是否著作等身亦算了吧。」

「酸葡萄哈哈哈，明知不可能著作等身，哈哈哈。」

「笑破你喉嚨！贏得全世界讚美有什麼用？你瞧瞧姚晶便是個榜樣。」

「她今日舉殯，給你這個遺產承繼人看現場照片。」她説。

「我不要看。」我拒絕。

我看過太多類同的圖片：妖形怪狀的男女穿着黑色的奇裝異服，臉無戚容，跑去殯儀館點個卯兒，以示人情味。
發神經。
為了姚晶，我對此類完全沒有必要的儀式更加反感。
「數千人去祭她。」
「是嗎，」我問：「都是她的朋友？」
「你別這麼憤世嫉俗。」
「你看我，無端承受了死者二十萬美元，花掉它不是，推掉它又不是，多麼難堪。」
「你可以用它買一層房子，住進去。」
「然後夜夜夢見姚晶。」
「有什麼不好？你挺欣賞她。」
就在這時候，有人叫我名字：「徐佐子！」
我一轉頭，便有人按閃光燈拍下我照片。
接着有人衝上來，「大家是行家，徐佐子，說一說為什麼姚晶的鉅額遺產給你承繼？」

一大堆記者，總有七八人，一齊向我圍上來，飯店中其他客人為之側目。

六月債，還得快，忽然之間我成了被訪者。

「聽說你見過姚晶的丈夫？」記者說。

「他說過些什麼？」

「你同他們有什麼特殊關係？」

我霍地站起來，大聲說：「這些問題，請你們問新文日報的娛樂版主編。」

我向編姐一指。

他們剛在考慮是否要轉移目標，我已經推開人群，殺出一條通路，向出口逃去。

我的動作快，他們之中只有兩個人追上來，其餘的圍住編姐。

我在門口趕忙叫了部車子回家。

真可怕，記者真可怕，現在身為記者的我也遭受到這種滋味了。

編姐會否因為這件事與我絕交？

捱罵是免不了的。

我想找着姚晶的父母見一次面。

姚晶姓趙，她父親自然也姓趙。我看看張煦給我的地址，是一個很偏僻的住宅區，地方不算太壞，自然也算不得高貴，是年輕男女組織愛巢的理想地點。

我想去探一下路。

我乘車花了一小時又十五分鐘才抵達。

他們一定在家，這樣悲傷的人還能到什麼地方去。

按門鐘後，一個十二三歲的小女孩子來開門，隔着鐵閘問我找什麼人，我説我是姚晶的朋友，想見趙老先生或老太太。

小女孩去了一會兒，出來説：「他們很疲倦，不想見你。」

我連忙推住門，「我不是姚晶的普通朋友，我是她遺產的承繼人。」

這時候一個女人的聲音插嘴過來，「你是誰？」

我隔着鐵閘，看到她的面孔出現，憑我的觸覺，一看就知道那是姚晶的姐姐。

她的年紀曖昧，約三十五至四十五之間。

她眉目間與姚晶至少有三分依稀相似，但姚晶已經藝術家精心細琢，而她不過略具粗胚而已。

小時候應該很像，長大後生活環境與其他因素使她們背道而馳，到如今，除了血緣，他們之間沒有任何相似的地方。

這個女人是粗獷的，強壯的，簡陋的。

不知恁地，許是出於妒忌的緣故，最受不了這一類女人，完全沒有思想，只有神經中樞，一臉一身的橫肉，卻往往又非常自我中心，一把聲音啦啦啦，響徹雲霄，基於自卑，希望吸引到每個人的耳朵，往往語不驚人死不休，什麼都說得出來。

不要得罪她，弄得不好，被她推一記，起碼躺三個月醫院，法治文明的社會又如何呢，有力氣總是佔優勢的，秀才碰到兵，有理說不清。

站在鐵閘外，我回想到姚晶纖細的五官以及身材，說話急時會上氣不接下氣……整個人像薄胎白瓷泥金描五彩花的花瓶。

這都不重要。重要的是活下來。

我只知道姚晶並沒有活下來。

「你是誰？」那女人又喝問我。

「讓我進來說好嗎？」

又有一個女人過來，「什麼人？她說她是誰？」

這一個一看就知道也是姚晶的姐姐。

她很老了。欠保養的緣故，一張臉直掛下來，嘴邊的八字紋如刀刻般深，不知為什麼，還搽着粉底，一種與她皮膚本色相差三個深淺的顏色，如泥漿般浮在皮上，看上去非常詭異。

她說：「我叫趙怡芬，是姚晶的大姐，」她指一指先頭那女人，「這是趙月娥，姚晶的二姐。」

我說：「我叫徐佐子。」

趙月娥女士說：「慢着，你說姚晶把她的遺產交給誰？」

我光火，「如果你們把我當賊，就別問那麼多，我不打算站在這條冷巷中與你們談身世。」我轉身。

那趙月娥立刻把門打開。

我打量她們倆，她們也上下看我。

「進來吧。」

我有點不想進去，躊躇半刻，才告訴自己：既來之，則安之。

屋內倒還寬敞，可惜堆滿雜物，我自己找一張空椅子坐下，也不需要別的人招呼。

趙月娥對牢那個小女孩喝道：「去倒杯茶來。」

啊不敢當。我面色稍為緩和。

那女孩子過來把一隻玻璃杯放我面前。

我發覺那女孩子長得極像姚晶，尤其是一雙眼睛，一般水靈靈，似有層淚膜浮着，隨時會滴出眼淚來。

女孩見我凝視她，靦覥的笑，露出小小顆牙齒，更加像她阿姨。趙月娥忽然說：「人人叫她小姚晶。」

真像。

我說：「姚小姐把她所有的，都給了我。」

趙月娥比較急躁：「我們聽說了。」

「你是她的什麼人？」

「我是一個……朋友。」

「她的遺產有好幾百萬吧？」趙怡芬沉不住氣。

「沒有，只二十萬美金。」

「那也不少呀。」趙月娥敵意的看着我。

「我還不肯定會把錢佔為己有。或許會捐獎學金。」

「將來等我女兒中學畢業，再去考阿姨給的獎學金吧。」趙月娥轟然笑出來。

趙怡芬慢條斯理的說：「徐小姐，我們也根本沒想過她會把遺產給我們，你別誤會，給不給陌生人與我們無關。」

我又吃驚。

趙怡芬說：「她與我們感情一向不佳，一年也不見一次面。」

我拿着玻璃杯，喝一口茶，維持緘默。

不見姚晶父母的影子，但有一個更小的孩子在房中緩緩摸出來，很小心翼翼，靈巧地，小心扶着牆壁，步步為營，她在學走路呢。

我心中頓生無限母愛溫情，很想叫出來，沒有用的！無論你多麼小心，你無法與命運爭論，人生的步伐早在你沒有出生之前已經注定，不必再枉費力氣。

她走得順了，漸漸大膽，雙手離開牆壁，摸到我這邊來，腳一軟，欲跪下，我在那一剎那扶起她，懷中忽然多了個肥大的小寶寶，一時不捨得放鬆，她也就順手搭住我的大腿靠着。

趙月娥說：「我的小女兒。」

這麼可愛的一對孩子，姚晶的遺產為什麼不寫給她們？

我並不明白。

「她一心要脫離我們去過新生活，我們也不便妨礙她，造成她的不便，你說是不是，徐小姐？」

趙怡芬說：「我們與她同母異父，我倆的父親早就過身，母親再嫁後才生下姚晶，所以一直沒有來往。」

我聽着只有點頭的份。

趙怡芬又補一句，「你也不是外人，我相信你同她是心腹，不然一百幾十萬，怎麼會交在你手中。」

趙月娥說：「可是來看看我們是否需要錢？」

我默認。

「錢誰嫌多？」趙月娥苦笑道：「不過她的錢我們不敢用。」

這是什麼意思？

趙月娥又說：「我丈夫是開計程車的，手頭上有三部車子，自己開一部，兩部租與人，生活是不用愁的。我姐姐呢，她是知識分子，在官小教書有二十多年。我們不等錢用，況且母親說過，她一切早與我們無關，她愛怎麼樣就怎麼樣，我們管不着。」

在這個客廳躭久了，感覺得一股寒意越來越甚，自腳底心涼上來，沒有點暖爐的原因吧，窗外有霏霏雨。

難怪孩子們穿得那麼臃腫。

坐久了我也彷彿變成她們的一分子，可以一直絮絮談到天亮，以一個「她」字代替姚晶，她們不願提到小妹的名字。

所不同的是，我對姚晶沒有恨，只有愛。

愛及欣賞。

我說：「也許老人家嫌她入戲行，」我停一停，「你們不應有偏見。」

「我們？我們巴結不上她。」趙月娥的反應最快，什麼話都得一吐為快，是雄辯界的英才，儘管生活範圍那麼狹窄，她有她的主張，她有她的權勢。

她隨即叫大女兒：「大寶，去把糕點蒸一蒸熱，妹妹肚餓。」

那大一些的女孩馬上進廚房去，本來她一直含着一隻手指在一旁聽大人講話。

我問：「老人家呢？」

「送到澳門去了，過兩個星期才接回來。她們很傷心。」

「張煦有沒有來看你們？」

「張什麼？」趙月娥想不起來。

大姐提醒她：「是她現在的丈夫。」

妹子「啊」了一聲。

我一聽便聽出語病來。什麼叫做現在的丈夫，難道還有以前的丈夫。

問了她們也不會說，我自手袋中取出卡片，分給她們。

「有什麼事，請同我聯絡。」我說。

趙月娥說：「吃了糕點才走嘛。」

端出來的糕點並不是廣東年糕，是上海的八寶飯，我生平最大的弱點便是對上海甜點，永遠垂涎，忍不住坐過去拾起筷子，自女孩子手中接過糯米飯。

「你們不是廣東人？」我搭訕的問。

趙月娥擰一擰女兒的面孔，「粵人哪有這樣好的皮子。」

這倒是真的。姚晶那雪白的皮膚，令人一見難忘。

「來這裏很久了吧？」我問。

「也不算很久，姚晶南下時，也有十五歲了。」

什麼？那麼她本事也太大了，完全看不出，一點土味都沒有，十足十是西方文化下產生的布爾喬亞美女。

一個意外疊着另一個意外，使我放下筷子，我掏出紙巾抹嘴。

趙月娥說：「這隻手袋是鱷魚皮吧？以前我見姚晶也用這樣的牌子。」

我沒有解釋這隻手袋是半價時買的。

忽而記得編姐同我說過：人們把我估計過高，以為我是頭號黑狐狸，厲害精明，衝鋒陷陣，萬無一失。其實呢，我也只不過是個蠢女人，但我能不能把真相告訴人們呢？萬萬不可，讓人們這麼想好了，情願被人憎，不可被人嫌。

我怎麼能告訴閒人手袋是半價貨。

「我要走了。」

「有空再來。」趙月娥說。

她嘈是嘈吵一點，卻有些真性情，心胸不裝什麼，猜也猜得到她想些什麼。

倒是姚晶的大姐，不瘟不火，難以測度。

不過我不需要應付她們，不必知己知彼。

「再見。」

我在門外微微一鞠躬。

真有筋疲力盡的感覺，與她倆格格不入。

她們有她們的小世界，說共同的語言，做有默契的事，針插不入，根本沒有留個空隙給姚晶，完了還說不敢高攀這個同母異父的小妹，弱者永遠有一肚子的正義與自卑，這是他們應付強者最有利的武器。

我回家休息。

沒到一會兒楊壽林就帶着編姐上來了。

壽頭一直有我公寓的鎖匙。

「編姐——」我總得自辯。

「別亂叫，」她鐵青面孔，「對你，我是梁女士。」

我用外套遮住頭，表示沒臉見她。

壽林說：「這是幹什麼？孩子氣，來，跟編姐鞠個躬，認句錯，不就沒事了？」

「叩頭我也不要！」編姐大怒。

我取下外套，「誰同你叩頭！」

「一人少說一句，兩位，」壽林死勸，「別把話說僵好不好？將來下不了台的是你們。」

「我下台上台幹什麼，我又不是做戲的。」編姐忍不住氣。

「多年的老朋友。」壽林還在努力。

我說：「我只不過推了一下莊而已。」

「但全世界行家以為我有獨家資料，怪我獨食。」

「你就給他們怪一天兩天好了，明後天你那版上沒有消息，不就證明你的清白身？為老友一點點委曲都不肯受，我告訴你，你這種女人，女同胞略有差池把柄落在你手中，立刻格殺勿論。好，遲早會有報應，叫你遇到個拆白黨，求生不得，求死不能，吃你穿你還要踩死你。」

「你這個毒婦，」她氣得面孔發白，「你以為你嫁定楊壽林？你——」

壽林暴喝一聲：「你們倆有完沒有！」

我靜默下來。

「徐佐子，我咒詛你永遠嫁不到人，你永遠只有等待的份兒，一個接一個，永永遠遠坐在那裏等電話。」

真可怕。我氣結，怎麼會說出這麼可怕的話來。

「還有——」

「尚不夠？」我怪叫。

「還有，祝你永遠寫不成小說。」

「你太過份了，我跟你一無殺父之仇，二無奪夫之恨，你這樣咒我？」我指着她說。

楊壽林放棄，舉起雙手，癱瘓在沙發上。

「不，」編姐狡黠的笑，「我修改我的咒語：祝你寫一部自以為精心傑作一堆爛泥般的小說，再叫你被一班江湖客狂捧，等你暈頭轉向，東西南北都分不清楚，終遭讀者淘汰，自此一場春夢，一蹶不振。哈哈哈。」

這真是天底下對寫作人最惡毒的咒語，我默默無言。
「你還敢寫？」她笑問，看樣子氣已經消了。
「總比你寫不出好。」
「我——」
「我知道，你只是不肯輕易寫，一寫就是留芳百世的作品，等你墓誌銘揚名四海的時候，你那本小說還沒面世。」
「可是具懸疑性，或許一寫成名呢？」
「你跑到天星碼頭脱光了站三小時，包你一夜成名呢。」
楊壽林大聲叫：「好了好了，夠了夠了。」
我瞪着編姐，編姐瞪着我。
我伸出手，「梁女士，我恨你，不過現在值得恨的人也不多了，你總不會浪費精力去憎個不相干的小癟三吧，來，我們握手。」
梁女士並沒有伸手，「我不會這麼容易被你擺平，你要把姚晶的故事與我分享。」

「你太難了吧，你要不要共享我與壽頭楊的故事？」

「佐子，」壽林出聲，「告訴她吧，有什麼要緊？」

我想想，不得不歎一聲人在江湖，身不由己，說聲「好」。

編姐與我大力握手。

「你勝利了。」我說。

「我贏了？怎麼會，我又不想把這些事寫出來。」

「真的不寫？」

「你別把我當利字當頭的小人好不好？」

我拍拍她肩膀，「做得好。」

她推開我。

我很詳細地自張煦一直說起，說到姚晶兩個同母異父的姐姐。

「這麼曲折？」編姐大大的驚奇，「竟瞞了我們十多年，好傢伙，她從來說是沒有兄弟姐妹，據我們所悉，她是英文書院女學生，讀到中六才從影，這是怎麼一回事？」

「還有，她到底什麼年紀？」編姐問。

「訃聞上說是三十六。」

「加了三歲沒有？」

「相信是加了吧。」

「恐怕不是。」我說：「她不止三十三歲。」

「三十六也不算老，」壽林說：「女人一切怪行為我都可以理解。」

「瞞年紀是我所不能明白的，明明打橫打豎看都是中年婦女，還企圖有人以為她廿九歲半。」壽林說。

我說：「壽林，不明白的事不要加插意見。」

「關於姚晶，我們到底知道多少呢？」她問。

「你現在問起來，等於零。」我答：「她很高明，什麼都是她主動告訴我們才知道。譬如說她如何認識張煦，就沒有人曉得。」

「她是怎麼樣進入電影界的？」壽林說。

「藝林公司的訓練班。」編姐說。

「什麼人教過她？」我問。

「你以為是紐約藝術學院？還有導師專門教授演技呢。」壽林說：「不過是臨記出身。」

「不，」編姐說：「姚晶沒有做過臨記，斷然沒有。」

「第一部影片叫什麼？」

「戰爭玫瑰。」壽林說：「我記得很清楚，那一年東亞影展，我爹有份做評判，她被選出做影后。」

「是嗎，楊伯伯去做過那種事？真沒想到，那麼德高望重的人。」

「去你的。」編姐白我一眼。

壽林說：「閒話少說，讓我把事情串連起來。姚晶，四十年代在上海出生，六〇年代南遷來港。大抵十五六歲左右，參加電影公司做演員，旋即拿影后獎，七〇年代大紅大紫，於全盛時期結婚，歸宿美滿，事業雖略走下坡，但快樂家庭足以彌補，不幸天妒紅顏，終因心臟病猝發，英年早逝。」

我聽完之後，也覺得很中肯，應該是這樣。

但仔細一想，當中有多少漏洞。

加入影圈，已十六歲左右，那麼自一歲到十六歲，她做過些什麼？認識什麼人？這完全是一片空白。

我說：「我要看一看有關姚晶的資料。」

「還用到資料室去？梁女士在這裏。」編姐說。

「不，我要的是極早期的消息。」我說。

「早到十五年前？」編姐說道。

「更早。」

「她沒有進電影圈之前的事，誰知？」

「你們不是青石板地都掀得起來找蛛絲馬跡嗎？」

編姐側側頭，「是，對當紅女明星的即時新聞，我們會努力搶。」她說：「但是姚晶，她已經過時了。這次她去世後追新聞來做，不過是最後致敬。」

「致敬！」我心一跳。

「做公眾人物最怕什麼？」編姐笑，「你以為是受騷擾？」

「是坐冷板櫈。」壽林接上去。

我覺得很難過。「姚晶過時了嗎?」

「三十多歲，怎麼不過時，戲都不賣座，演技精湛又如何?觀眾平均年齡只有十三至十九，他們乾脆回家看他們的媽豈非更好。」

說得好不傖俗。

我抬起頭歎口氣，「但她還是那麼美。」

「你以成熟少婦的眼光去欣賞她，角度與觀點都不同，外頭那些人要的，並不是她那樣的女演員。」

或許是。

到頭來，她是很寂寞的吧。

大家都沉默下來。

壽林說:「把遺產交還給趙家，你就可以輕輕鬆鬆的做人，佐子，何必去追查一個陌生人的秘辛?」

梁女士馬上說:「如果佐子不追，我來追，把故事寫一本書也是好的。」

壽林打個呵欠，「女明星的故事，都大同小異。」

大家都倦得張不開眼睛。

梁推開客房的門便往小床上倒下，「七點叫醒我吃飯。」

壽林說：「我也略睡一會兒。」

彷彿有瞌睡仙向我們下藥，一個個都倒下來。

臨睡時我想：死亡倒也好，就這麼去了，身不由己，從此什麼都不必理會。

我們三人我最先醒來，是早上七點鐘。

我不顧他們兩個，先做咖啡吐司。

聞到香味，他們也一個個起身。

我把面皂面霜指給編姐看，讓她梳洗。

晨曦中我把牛奶與糖遞給壽林。

他凝視我，我很詫異，也看着他。這人有着扁扁的面孔，短度闊寬，像嬰兒般，一雙眼睛又有點倒，非常可愛。

看着看着我笑起來，不知這是不是愛情。

我擰擰他面孔。

他忽然說：「我們結婚吧。」

花前月下，我也忽然會感動，說聲「我們結婚吧」，沖沖喜。

那時在紐約讀書，看場電影算是大事，大家都是窮學生，有一個男生帶我看首輪歐陸片，中場休息，他向糖果女郎買覆盆子冰淇淋給我吃，我覺得他對我太好，照顧得我無微不至，故此忽然說：「我們結婚吧。」

事後當然不作數。說過的話句句要負責，那還得了，一切應允都得履行，那還不成了神仙世界。

壽林這一句求婚，不過是想表示那一刻他覺得幸福滿足，稍後心情不一樣，他就會忘記這件事。

我瞇起眼睛向他笑笑，去廚房捧出香腸煎蛋。

編姐吃完便趕回報館去做事。

我到報館資料室去翻舊雜誌及報紙。

我也是第一次看到姚晶年輕時的照片。

非常的清秀可愛，臉上一股怯怯之意，穿一件當時流行的黑白格子直身迷你裙，氣質不見特別，反而最近才透露出韻味來。

有些女人可以美到三四十歲，像姚晶。一些小時了了，嘰嘰喳喳像小鳥般的女郎，老大便成為醬菜，仍穿短裙羊毛襪工人褲，可怕。

看着畫報，我心中閃過兩句曲詞：

紅顏彈指老，

剎那芳華。

我自舊資料中知道姚晶會彈鋼琴，喜歡貓，愛看海。

那時候的宣傳真丟臉，沒有一句真話。

我並沒有在姚家看到鋼琴與貓，她的家亦看不到海。

我覺得她喜歡白而香的花朵、靜寂，許多的私人時間，以及她的家庭。

我見到的姚晶與那時候的姚晶已有太多的距離。

翻盡所有的資料，也找不到她自一歲到十多歲做過些什麼。所有的報道都說她艷若春花，馴若綿羊。

大家都疏忽了。越熟的事越容易忽略過去。我就不知道編輯梁女士在哪一家中學畢業。一半是沒想到要問，另一半是因為隨時可以問，所以一懶就不知就裏。

有一篇訪問這樣寫：姚晶畢業後，做了一年寫字樓工作，覺得不適合，故此投考訓練班……

老生常談。

我合上那些畫報，那時候寫明星最容易，好比往牆上刷白粉，牆的表面越光滑美麗，宣傳便勞苦功高。

現在做娛樂版要努力刮掉牆上的批盪，看看它底色如何。試想想那堵牆會不會那麼順利坐着不動隨記者來虐待？難就是難在這裏。

在這堆舊報刊中我永遠不會找到我要的東西。

不過看到姚晶一年比一年成長，倒是樂事，十多年之後，她完全成熟，打扮化妝儀態性格上都呈現無限優雅風華，即使活到五十歲，她仍然是一個吸引目光的女人。

編姐來瞧我，給我一杯熱咖啡。

「成績如何？」

我搖搖頭。

「不錯，姚晶過的生活比較神秘，譬如說：沒有人拍得過她家中的照片。」

「家中給人家拍照片，咦——」

「這有什麼稀奇呢？」編姐問。

「家是住人的地方，小姐，怎麼能被人拍了照在雜誌上登？趕明兒沐浴睡覺給不給人拍照？」

編姐瞪我一眼，「難怪你同姚晶談得來，敢情你們兩人一般想法。」

我覺得姚晶有卡拉斯。

「外國明星也給雜誌拍照的。」編姐說。

「跟你說了也是白說。規模不一樣嘛，你今日如買下一座堡壘作為住屋，我也就原諒你叫人來拍照。」

「勢利。」

「只有我勢利嗎，三房兩廳洗衣機電冰箱有什麼好拍？最多是鍍金水龍頭，好了吧？」

「像你這種人簡直有病，什麼事都要批評一番。」

我仍然不知道姚晶在參加訓練班之前做過些什麼。

編姐一拍手，「我知道，去訪問朱伯伯。」

「朱伯伯是什麼人？」

「訓練班的創辦人，這本藝林畫報的編輯，是老前輩。」

「還活着？」

「聽聽這張烏鴉嘴。」

「那還等什麼？去找他哇。」

「慢着，不是那麼容易找的，我還沒知道他住在什麼地方。」編姐說：「貧在鬧市乏人問，我得打聽打聽。」

朱老先生有七十多八十歲，出乎意料的健康，住在遠郊，開車要兩小時，但抵達時卻覺得值得，郊外風景與空氣俱佳。

他很瘦，與一隻玳瑁貓作伴。

晚年雖乏舊友問津，但看得出他薄有節蓄，因此老妻可以在麻將房搓牌，且有老女傭送茶遞水。

我們自我介紹後，他老人家點點頭，「呵，你就是那個女孩。」我很感動，廿多歲，還被人稱為「女孩」，罕有的奉承。

「是哪個女孩？」

老先生遞上報紙我看。

一看之下，我呆住。娛樂版上圖文並茂，說明我是姚晶財產的承繼人。效率也太高了。

老先生問：「找我有什麼事？來，吃些杏脯陳皮梅。」

當然姚晶沒有必要把錢財留給恩師，老先生生活很舒適，而且已近八十歲了。

他一臉的老人斑，看上去每一個斑點像代表一件特殊的經歷。

「你熟姚晶嗎？」編姐問。

「怎麼不熟。」

見過姚晶那麼多親友，數他最親切，最容易說話。

當然，他是我們的老行尊。

「朱伯伯，說給我們聽。」

「姚晶進我訓練班的時候，有十八歲了。」

「不是十六嗎？」

老先生算一算，「她今年應是三十六，我初見她時，正是十八歲。」

我們仔細聆聽。

「非常漂亮的小姑娘，一雙眼睛水靈靈，不知道為什麼，越是這種家庭出來的孩子，越是聽話聰明。」

「怎麼樣的家庭？」我追問。

「人也已經過身，還說那麼多幹什麼？」

我與編姐對視，暫不出聲。

他不會不說，一則年紀那麼大了，說話何須顧忌，二則他寂寞。

寂寞的人都愛說話，而且必然有秘密出口，如果不拿秘聞出來，有誰會耐心聽他的？我很了解。

他會說的，給他一點時間。

我與編姐含着又甜又酸的杏脯，喝着茉莉香片茶，很欣賞這一點點的閒情。

老人家很會享受。年紀大了，最好身邊有幾個錢，做什麼都可以，不用侍候子孫面色，寂寞倒是其次，最要緊是生活不吃苦。

過了很久很久，朱老不着急，我與編姐當然不催他。

終於他歎口氣，開口說：「你們女孩子呵，嫁人的時候，眼烏珠要睜得大一點。」

我一震，這分明是說姚晶。

我假裝沒聽懂，我說出我的哲理：「有時候也顧不得那麼多，該嫁的時候，只好找一個來嫁，嫁錯了也無可奈何。」

「這是什麼話！難道沒人要了嗎？」

我理直氣壯的說：「因為寂寞呀。」

朱老伯使勁搖着頭，「在父母懷抱中才是最幸福的。」

編姐與我忍不住笑出來。

「笑什麼？」朱老伯直斥其非。

她笑老人家的語氣似五十年代的國語片對白，什麼女兒心，快樂天使，苦兒流浪記，一回到慈祥的父母身邊，頓時有了蔭庇，一切不用擔心。

朱老伯茫然，「我不是不知道，現在的世界與以前不一樣了！」

編姐忍不生說：「朱先生，即使在以前，電影界裏也沒有第二個像你那麼好的人。」

這話說到朱老伯心坎兒裏去，「唉呀，」他說：「人好有什麼用？」

千穿萬穿，馬屁不穿。我掩着嘴巴笑。

朱老伯的面孔自電視機轉過來，咳嗽一聲，這時候才開始把我們當作說話的對象。

他說：「人好沒有用，女孩子都喜歡壞男人。」

我很訝異，沒想到朱老會對我們說這種話。

「三十年代我已經加入電影圈，有一個時期在上海與趙飛合住一間公寓，逢人都知道我對女人好，趙飛對女人壞。我對她們呵護備至，趙飛天天同她們吵架，把她們的旗袍高跟鞋統統往樓下摔，但是有什麼用？她們還是愛他。」朱老伯露出明顯的悻悻然。

我覺得他可愛到極點，我簡直愛上了他。

我偷偷問編姐：「趙飛是啥人？」

「三十年代男明星，第一美男子。」

「真的？」我笑得更璀璨。

朱老伯不明白，這不是誰好誰不好的問題，他不必呷醋，有很多女人硬是喜歡長得漂亮的男人，被他們虐待也是值得的。

朱老伯個子這麼小這麼瘦，年輕時一定也不怎麼樣。不過他太太不錯哇，皮膚到六十多仍然白嫩。

我陪他五十年細說從頭。

「後來怎麼樣？」我問。

「後來趙飛在三十歲那年去世。」編姐說。
我說：「沒想到你對電影歷史那麼熟悉。」
編姐說：「入行之前，我是下過一番苦功的。」
我說：「你瞧，馬上用得着了。」
朱先生說：「以前男人講風度，專門侍候女朋友，哪有現在，下作的男人多哪，你們要好好小心。」
這句話倒是說得對，女人自古到今在人生道路上都得步步為營。
編姐引他說下去：「我父親就沒侍候過我母親，從前女人更沒有地位。」
朱老伯說：「看你嫁的是誰。」
編姐故意說：「你是說我父母感情不好？」
「只是不善表露而已，壞的男人……遇上才是死路一條。」
我有種感覺，他的箭頭一直指向張煦。
我知道時機已經成熟，只要在這時候稍予指引，姚晶的秘密就會像熟透的石榴子般爆出來。

「朱先生，姚晶同你，熟到什麼程度？」

「她是我的過房女兒。」

我又問編姐：「那是什麼？誼女？」

編姐點點頭。

「幾時的事？」

「那年她十八歲。」

「我們知道她有兩個不同父親生的姐姐。」

「是的。她母親先嫁一個小生意的人，後來再嫁姚晶的父親。」

「她父親幹什麼？」

「沒有人關心。」還是不肯說。

「姚晶在內地做些什麼？」

「唸書。」

編姐意外地說：「不可能！她的英語說得那麼好。」

「人聰明、肯學，你以為她是普通人？她桂林話說得多好，上海話亦琅琅上口。」

「為什麼要學桂林話上海話？」我問。

「你這小姑娘，」朱老伯不以為然，「她夫家是桂林人，還有，當時電影界大亨全是江浙幫，講廣東話，老闆懂勿？勿懂儂自家吃虧。」

至此我便嚮往姚晶的氣質，不禁一陣心酸。

「這麼冰雪聰明的女子……」朱老伯搖頭，「一代不如一代，你瞧瞧現在的女明星，個個像十不全。唉，我看夠受夠。」

我們三個人都靜下來。

「姚晶還剩下多少私蓄？」朱老伯問。

我反問：「你也知道她沒剩下多少？」

「一個人賺，那麼多人花，能剩多少？」

我衝口而出，「朱伯伯，你這麼愛她這麼瞭解她，她有事為什麼不來同你商量？」

朱老伯長長吁出一口氣，「要面子呀，吃了虧，打落牙齒和血吞。你以為是現在這些女人？同男人到酒店開房間瞓覺也可以說出來。」

也不必像姚晶這般活受罪。

我看着自己的一雙手，太息着。

有什麼不開心的事早應說出來，思量解決的辦法。頂多離婚，有啥事大不了，以現在的標準，沒有離過婚的女人簡直不算生活過。

也許姚晶是落後了，價值觀及道德觀皆比人過氣二十年。

我說：「張煦是愛她的。」

朱老伯嘲弄的笑，「是嗎？」

「何以見得不是？」

「嘴裏說說就有用？過年過節送一打花？真正的男人，是保護女人的男人，一切以她為重，全心全力照顧她心靈與生活上的需要。」朱老伯聖潔的說。

嘩，我舉起雙手投降，幸虧男人聽不到這番話，否則誰還敢娶妻，我與編姐再過八十年也銷不出去。

這一對誼父母徹底的落後。

「怎麼，」老先生問我，「你不認為如此？」

我搖搖頭，「反正我也沒打算全心全意的對待他，大家做一半已經很好，要求降低一點，就少點失望，寧可我負我，不可人負我，對配偶抱着那麼大的寄望是太過幼稚天真了，朱伯伯，你不會贊成我這番話吧？」

「那麼難道你們嫁人，不是想終身有託嗎？」他大為震驚。

我說：「託誰？我的終身早已託給我自己，唉呀，朱伯伯，你不是想告訴我，咱們活在世界上，除了自己，還能靠別人吧？」

「那麼結什麼婚？」朱老伯聽到現代婦女的價值觀，驚得發呆。

「伴侶，伴侶也是另外一個獨立的人，他不是愛的奴隸。」

朱老伯受不了這樣的刺激，喃喃說：「要是阿晶像你們這樣看得開，就什麼事都沒有。」

我還想說什麼，編姐已以眼光阻止我。

老傭人走過來同我們說：「兩位小姐吃過點心再走好不好？」

編姐說：「我們不吃，謝謝。」

朱老先生的雙眼又回到熒幕上。

編姐說：「我們告辭了，朱先生。」

他才轉過頭來說：「不送不送。」

他的神情困惑，像是小學生見到一百題大代數家課時般神色。

到大門口，編姐抱怨說：「他是老式的好男人，你一下子灌輸那麼多新潮流給他，他怎麼受得了，你把他的元神都震散了。」

「我還想說下去呢。」

「我知道你，」編姐說：「你非把男人鬥垮鬥臭你是不算數的。」

「錯。」我說：「我只是反對『杜十娘，恨滿腔，可恨終身誤託負情郎』這種情意結。」

編姐為之氣結。

「戀愛呢，好比吃冰淇淋，要活人才能享受得到，愛得死脫，也根本不用愛了，死人怎麼愛？」

「你這個人，什麼本事都沒有，獨獨會嚼蛆。」

我們坐車子進市區，一路上但見夕陽無限好，滿天的紅霞，天空遠處，一抹淺紫色的煙霧。

姚晶會喜歡這樣的天色。她古老不合時宜，認為嫁不到好丈夫便一生休矣。

她浪漫到蒼白的地步，死於心碎。

我撫摸自己強壯的胸膛，尋找我的心。

有是肯定有的，不過只為自己的血液循環而跳動。

真不敢相信，就在十年之前，三千六百五十多個日子而已，女人的情操會得孤寡到像姚晶。

「你在想什麼？」編姐問。

「沒什麼。」我咬手指頭。

「你有沒有發覺，朱先生有很多話沒說？」

我莞爾，「我希望多聽聽他與趙飛追女孩子的掌故。」

「他最喜歡說那些故事，說得很精彩生動。」編姐說。

「你們常常聽？」我很羨慕。

「也不是，我只聽過一兩次，他說那時候在上海，大熱天都穿白色嗶嘰西裝，愛哪位小姐，就請那位小姐把縫旗袍剩下的料子，給他一點去做領帶。」

「真的？」那麼發噱。

「真的，很羅曼蒂克，很傻，你知道：那時有首詩叫我是天邊的一朵雲……」編姐笑道：「真是一套一套，叫人吃不消的。」

「我要知道更多關於姚晶的事。」

「我們慢慢總會找得到，不過你說得對，一知道得多就不想寫了，至少不能當新聞般寫。」

「你早贊同，我們就不會有誤會。」

「回不回報館？」

「不了。」

「壽頭會找你的，這早晚你都忘記誰是楊壽林了。」

真的，忽然之間，我的視界闊很多，我真的快要忘記壽頭，此刻佔據我心的是姚晶那謎一般的身世。

「你們兩個人走那麼久，也該拉攏了。」

我朝她扮個鬼臉。

「你在外國躭太久，洋妞勁道十足。」

我數着手指，「我們已見過姚晶的丈夫、姚晶的姐姐、姚晶的師傅，還有誰？」

「還有姚晶的敵人。」

我拍手，「好好好，誰是她的敵人？編姐，你的天才高過我數百倍，我們怎麼可以忘記她的敵人？」

「她沒有明顯的敵人，她做人風度太好。」

「一定有敵人的，每一個人都有，姚晶還不至於沒有人忌的地步，不錯，她在走下坡，但是她肯定仍有敵人。」

「我去查訪。」編姐說。

我興奮的說：「讓我們來合著這本書，對於姚晶是一種紀念。」

她緩緩搖頭，「到時再說吧。」

我們走上報館，同事們見到我，大聲誇張的說：「好了好了，回來了。」

我抬起頭，「什麼事？」

編姐笑，「還有什麼事？各路影劇版記者快要打上來了。」

壽頭出來，「啊你。」面色難看。

「怎麼？」我瞪他一眼，「有什麼不滿意？」

「當然不滿意，我若愛在影劇版看到自己女友的照片，早就去追小明星。」

我說：「我又不是去兜回來的，這叫做天生麗質難自棄。」

楊壽林冷笑一聲，別看他平時扁扁的面孔像貓科動物般可愛，一拉下面孔，看上去活脱脱一隻笑面虎。

「別當眾給我沒臉，」我用手大力指向他胸膛，咬牙切齒的警告他，「當心你的狗頭。」

他不出聲，看編姐一眼，「你也陪她瘋？你那版還差兩段稿子。」

編姐聳聳肩，回到她的位置上去。

我拉着壽林坐下論理。

他襯衫袖子高捲，一副忙得不可開交模樣。

「你想怎麼樣？」

「你為什麼不告假三個月？」他問我，「今日同事光是替你聽電話，就不用做正經事了。」

「楊經理，我是報館的特約記者——」

「我不要你做一個女明星的特寫，你為什麼不把國家地理雜誌那篇講述宇宙的文章好好翻譯出來？」

我問：「你取到人家版權沒有？看中什麼材料就亂拿亂譯，錯誤百出，加油加醋，你去做！」

壽林為之氣結，「你打算怎麼樣？」

我老實不客氣，「我喜歡創作，完完全全是我自己的作品，那是我私有的東西。」

「我不會因公同你吵架，但是佐子，我看你這種願望在目前不能實現，你可否現實一點？」

「你是否要我辭職？看，壽林，我無職可辭，你從來沒有僱用過我，我從來沒在新文日晚報支過薪水，你憑什麼表示不滿？」

「我是你的男朋友。」

「是嗎？所以你就管我頭管我腳？」

「佐子，我一向聽人說你性格非常不羈，以前我不相信，現在我不得不信。」

「是嗎，他們怎麼說？」我微笑，「他們有沒有說我是淫婦？你又信不信？」

壽林為之氣結。

「在氣頭上別亂說話，將來都是要後悔的，何必呢？」我用手撐着頭。

連我這種小腳色，都會無端端的開罪人，以致別人在我親密男友面前批評我不合婦道水準，姚晶，姚晶怎麼會沒有敵人？

只有在敵人口中，才可以知道她的底細，只有敵人才會全心全意去鑽研她的秘密，連幾月幾日她的絲襪勾過絲都記得。

但誰是她的敵人？

很少人會得公開與人為敵，除出那種蠢貨。更少人會得承認與一個過世的人為敵。

無可救藥的愚人一直是有的，一無殺父之仇，二無奪夫之恨，一樣廣結怨仇。

一定有人嫌姚晶的風頭比他強，而暗暗恨在心頭。

這人是誰？

「……」壽林還在教訓我，「你聽到沒有？」

沒有，我完全沒有聽到，我的思想，飄到十萬八千里路以外。

「你到底想怎麼樣？」壽林還在苦苦相逼。

一個人被人叫為壽頭不是沒有理由的。

我說：「我想怎麼樣？我想到加勒比海去度假，與一個知情識趣，英俊的，有深棕色皮膚的男士一齊游泳曬太陽，吃龍蝦喝香檳，晚上在白色細沙灘上赤腳擁舞，直至深藍色的天空轉為粉紅。」

壽林氣得面色發青。

我拍拍他肩膀，「我回家了，壽林，別一副爸爸腔。」

我挽起手袋跑下樓。

我並沒有對壽林説謊話，我真需要個長假以及一個玩伴，連他的名字都不必知道，除了玩之外，不必擔心銀行月結單，税務，人際關係，寫字樓政治，油鹽柴米，衣服鞋襪……

聽説在峇里及百慕達這種地方，只要圍一塊圖案瑰麗的蠟染布就可以到處去。

當然，我相信當地的土著亦需擔心生老病死，到底度一個月假，暫時離開日常生活環境的苦人兒不必理會那麼多。

若果姚晶能夠放得下去做一個月土女，情形就兩樣了。

到家電話一直響，響得爛掉。

我把插頭拔掉，沒敢聽。

編姐稍後找上門來，她氣吁吁的興奮異常，彷彿與我一般沉醉在姚晶的傳奇中。

她捧着一大堆圖片，「請來看。」

都是姚晶的照片。

說實話，從前我並沒有仔細研究她，此刻看來，只覺她打扮與相貌都臻化境。

「唯一貴婦。」

「毫無疑問。」我說。

我們兩人欣賞着照片，姚晶在蜜月旅行回來後的外形最容光煥發，雖不至於躊躇志滿，看得出很滿足。

但生活充滿失望，我猜她在一年內就知道張煦並不是理想丈夫的人選。

他不習慣香港式生活，有一大半時間在美國。姚晶與他剛相反，不是不願意放棄這裏的事業，而是，跟着張煦一家人生活，不是那麼簡單的事，稍有獨立性格的女子，都不再願意與公婆一起住，況且我懷疑張家的人並不喜歡姚晶。

編姐說：「他並沒有負責她的生活。」

「很明顯。」

我們欣賞着照片上的一對璧人。

我說：「如果生活如照片就好了。」

「童話世界是很悶的。」編姐又正確地散播了智慧之珠。

「真的。」我承認，「有一次我去採訪表姐，她住紐約而有兩個廣東女傭，夫家有豐裕的利息供他們生活費用，三個孩子，丈夫聽話，她本身在事業上又一帆風順，我多羨慕，幾乎沒立刻下嫁楊壽林，也照辦煮碗一番。

可是在歸家途中我想，不不，我還是做回我自己，我還不是歷盡滄桑一婦人，有飯吃就當好歸宿，我還想闖蕩江湖呢，那樣四平八穩的生活，打二十二歲就開始投入，怎麼捱得到四十二？作為一個人來說，四十二歲正是好年華，不不不，我是有點野心的。」

「所以一直推壽林？」

「唔，結婚像移民一般，最好拖完又拖，非到必要時千萬勿輕舉妄動。」

「做人別太天真，這些就不必告訴壽頭知道。」

「你知道嗎，我沒想到你是一個這麼可愛的人。」我忽然說。

「彼此彼此。我也一向以為你是咱們小開那遊手好閒、心高氣傲的女朋友。」

我們相視而笑。

「你是怎麼認得壽林的？」

「就在報館裏。姚晶是怎麼認識張煦的？」

編姐說：「她到紐約旅行，僑領請客吃飯，兩人是這樣結識的。」

「是不是一見鍾情？」我問道。

「你見過張煦，你說呢？」

「那種氣質與派頭是沒話說的。」

編姐說：「其實男女雙方誰拿錢出來維持家庭都不要緊，只要拿得出來，朋友尚且有通財之義。」

「姚晶不是一直有拿出來嗎？」

編姐歎口氣，一邊取出剪報。

「看看這裏：『王玉說只有年老色衰的女人才會急於打扮』，去年八月發表的談話，編者按曰：『另有所指乎？』」

王玉是誰？名字那麼好玩。

「『王玉又說：她才二十五歲，不會那麼早結婚，與男朋友鬧翻，算不得大事』。男朋友指石奇，當時是去年十一月，盛傳石奇將與姚晶合作拍片。」

我霍地坐起來。

有線索了。

這正是我們在找的人，一個經驗豐富、口無遮攔的十三點。

「姚晶對此事維持沉默，」編姐一直讀下去，「而石奇則否認此事。」

「後來呢？」

「後來一點證據都抓不到，不了了之。但是王玉一直指桑罵槐，不眠不休的對付姚晶。」

「她算老幾？」

「她不是那樣想法。這一行是沒有紀律、成則為王的行業，哪有尊重這兩個字。既然她認為她被得罪，當然要盡力反攻，況且她為此失去石奇。」

「有沒有照片？」

照片馬上遞上來。

王玉粗眉大眼，非常漂亮，不過化妝太濃，若不是衣着摩登，簡直似家春秋中的覺慧。

我說：「很漂亮。」但語氣很敷衍。

「不好看怎麼入這一行。就算是塑膠花，也還是一朵花嘛。」

「石奇呢？」

編姐真好，問她要什麼有什麼，立刻有造像可看。

嘩，我竟不知道城裏還有這一號人物。

我忍不住說：「這簡直是八〇年代的趙飛嘛。」

「而且人品也很好，極年輕，只有廿一歲。」

「那部電影叫什麼名字？」

「沒拍完，胎死腹中，姚晶為此很惆悵過一陣子。」

她過世前一切彷彿很不順利。

「為什麼爛尾？」

「有什麼稀奇？拍着拍着老闆不願再拿錢出來，還不就散掉。」

我很悶。

終於我說：「我們去找王玉。」

「不，先找石奇。」

「好，」我說：「去找石奇。」

「看我的。」編姐說。

她很快把這個叫石奇的男孩子約出來。

我們在大酒店的咖啡座吃茶。

約四點，我以為他會遲到，明星都可以遲到，一個小時兩個小時三個小時，這是俗例。

但沒有。他依時抵達。

我一生都沒有見過那麼好看的男孩子。

高、修長、頭髮乾淨整齊，五官清秀，寬肩膀上是一件米色的粉皮夾克，已經穿得有點髒，發白的牛仔褲很緊的裹着雙腿，腳上一雙球鞋。

青春。

青春得令人震驚。

他與我們打招呼，並且大方的坐下，渾身散播着魅力。

我同我自己說，這個人會紅，一定紅，他有明星質素。

編姐說：「沒想到你那麼準時。」

他一怔，忽然臉上有着猶豫之色，終於說：「準時是帝王的美德，這是我一個朋友對我的忠告。」

輪到我一愕，立刻問：「朋友是誰？」

「姚晶。」他雙目泛出複雜的神色。

一個人的眼睛永遠出賣他的心事，除非那個人的靈魂已經老得呆滯，生不如死。

這裏面一定有內情，沒想到開門見山，我們已經聽到姚晶這兩個字。

一個人總是一個人，況且他還是個孩子，喜怒哀樂總忍不住要對人傾訴，否則憋在心中寢食難安。

這樣看來，姚晶是他的初戀。我心中已經有點分數，實在不忍再問下去。

原來。原來還有這樣的故事。

石奇誠然美，誠然年輕，但姚晶要的就是這些？

他問：「你們要見我是為什麼？」

「出來談談，關於你的新片子。」

「不，你們對我的新片沒有興趣。是為着一個人，是不是？」

我不響。

他們都聰明絕頂，不然也不能在這個圈子裏做。

他又說：「你就是那個女孩子，是不是？她把財產留給你。」

「是，我是那個女孩子。」

「所以跟你說話是很安全的，是不是？」

「是。」

他別轉頭。在那剎那他雙眼紅了，強忍淚水。

我想到張煦。張煦也一樣為她流淚。

他們都愛她，但是他們幫不了她。

我們靜默很久。

茶座的天頂是玻璃的。那日陽光很好，透過玻璃的折射，我們三人都有點睜不開眼睛的感覺。之前編姐笑說過，來這裏吃茶，簡直要搽太陽油。

但今日，猛烈陽光只使我覺得蒼白。

我本來不抽煙，但這幾天使我覺得史無前例的累，不禁又點着一支香煙。

石奇看着別處，他說：「不久之前，她對我說，她每天早上都做一個夢。」

我們等他說下去。

「她夢見自己吃力地走一條斜坡，當時下很急的細雨，衣履皆濕，她大聲呼叫丈夫的名字——張煦、張煦、張煦、張煦……一路找過去，忽然看到張煦站在她面前，但隨即他的面孔變了，變為陌生人，她全不認識他……」

我鼻子發酸。

石奇說下去：「我問她，那個陌生人是否像我？不，她說，不像我。」
編姐遞手帕給我，我掩着面孔。
這一點我明白，當然不會像他。
石奇還沒有資格進入她的夢境。
那大孩子用手指揩去眼淚，但是揩之還有，揩之還有，無法抑止。
我見到那種情形，益發心酸，與他默默對着流淚。
編姐又遞手帕給石奇。
他站起來，「兩位饒恕我，我先走一步。」
大孩子站起來走掉。
我伏在咖啡桌上，抽噎至衣袖皆濕。
「這又是為什麼？」
我不響。
「好了好了，」忽然插入另一個聲音，「我不是來了嗎，哭什麼？我從沒有見過你流淚。」

是楊壽林。

我沒精打采的抬起頭來。

「你怎麼了？」他小心翼翼的扶着我雙肩。

男人總是怕眼淚，抑或喜歡看到女人露出懦弱的一面？

這個眼淚，不是為他而流的。

編姐說：「壽林，這裏沒你的事，你同朋友享受啤酒吧。」

壽林還依依不捨。

我很萎靡。

與編姐躑躅於海邊長堤。

我說：「他是多麼可愛的男孩子。」

「他還年輕，有真性情。」

「她為什麼不跟他跑掉？帶着錢與他逃至人跡不至的地方去過一段快樂的日子也好。你看他，他愛她愛到口難開。」

編姐凝視金蛇狂舞的海，她說：「如果有人那樣愛我，我死也情願。」女人總有浪漫的一面。

那麼可愛的大孩子，我歎氣，五官秀美如押沙龍，身材英偉如大衛王。

我發誓如果我是姚晶，就會不顧一切放縱一次，至少一次。

我們只生活在這個世界上短短幾十年，不要太難為自己才好。

編姐嘲弄的說：「人人像你，誰去對牢白海棠吐血呢。」

我不作答。

當下我與她分手，落寞的回家。

在家我看到年輕的亞當納斯在門口等我。

等我？我不相信自己的眼睛。

「石奇。」我說：「你怎麼會在這裏？」

「我母親也住這裏。」他已恢復過來，很俏皮的說。

「不信。」

「我來探望朋友。」

我訕笑。

「我專程找你，我有話同你說。」

我點點頭，這叫做一吐為快。

「明人眼前不打暗話，」他說：「我也不必說這個不能寫那個不能寫。」

「你放心。」我說。

「我可以上你的公寓？」他雙手插口袋中間。

我想很多女孩子在等他開口說這句話。

但我們，我們是不同的，我們是手足。

「請。」我說。

我們坐下。問他喝什麼。

「你有沒有雪萊酒？」

「沒有。」我說：「我只有啤酒。」

我想到在姚晶家中看到的水晶杯子盛着的琥珀色酒。

他點點頭。

他自姚晶處學到許多，可以看得出來。

「你想說什麼？」

「我只想與一個了解的人談談。」

「我有一雙可靠的耳朵。」我說。

嘴與筆就不大靠得住，不過也視人而定。對姚晶是絕對不能輕率的。

「我認識她，是在兩年之前。」他開始。

「她剛結婚不久。」

「是。她已經很不快樂。」

「可是在常人眼中她過着一種很幸福的生活。」

「常人眼睛看得到什麼？」石奇說出很深意的話來。

「在常人眼中，電影明星是光鬧離婚的神仙人物。」

「你怎麼知道她不快樂？」

「有幾個快樂的女人一有空就抱着雙臂倚着門框一聲不響看風景？」石奇反問我。

我低下頭。

「有幾個快樂的女人默默坐在一角椅子上抽煙，看着青煙縹緲，一坐好幾個鐘頭？」

我強笑，「你的觀察力很強。」

「我靜靜看了她十來天，就知道她處於一種非常不滿的情緒下，有無法解開的死結。」

「她年紀比你大很多，你是怎麼會開始留意她的？」

石奇整個人沉湎在回憶中，英俊的面孔充滿夢幻的神色，頭靠在沙發上，用手指梳着柔軟的頭髮。

「因為她美。」他簡單的説道。

我知道。她美得令同性都忍不住要太息，這樣的女人，一般的稱呼是尤物。

石奇説下去：「她的心態很脆弱，跟外界所渲染的精明能幹完全不一樣，我相信她亦有狡黠的一面，但是沒有在我面前露出來。」

「你當時有女朋友吧。」

「是，王玉。」

「她亦比你大好幾歲。」

「我一生人之中，從沒與同年齡的女孩子走過，更不用說是十八廿二的泡泡糖小白襪了，」他輕輕訕笑一下，「那些天真活潑的女孩子，留給五六十歲的成熟男人吧。」

我不禁也露出一絲笑。

他歎口氣，「我想我這生最初與最終的愛人，便是姚晶。」

「你那麼年輕，怎麼知道以後不會再愛？」

「這種事情，怎麼有可能發生多次？」他的表情既喜悅又痛苦，「一生愛過一次，於願已足。」

「有些人能愛許多次。」

「他們混淆了需要、友誼、感恩種種複雜的因素，而我不同。」

「與姚晶在一起的八個月，我感覺我已把一生的感情用盡。」石奇說得既辛酸又驕傲。

「她呢？」

「她並不愛我。」石奇的語氣簡直似倒翻的五味架。
「她愛誰？」
「她誰也不愛。」
「可自大？」
「沒有，姚斷不是自戀狂，除了化妝的時候，她很少很少照鏡子，她根本不認為自己長得美，事實剛相反，她認為自己是個過了時的，千瘡百孔，不值得一提的人。」
「自卑？」我不置信的坐直身子。
「可以那麼說，她沒有成就感。」石奇說下去，「碰巧我也是那麼樣的一個人，在許多地方我們很相似。」
「她當然愛張煦。」
「她在他身上有很大很高的希望，曾經一度，她認為他是她生命中的陽光。」
「而你，你是她眼睛裏的蘋果。」

「我希望是。」

「你愛王玉？」

「我們在一起很瘋，她性格很放很爽，與人沒有隔宿之仇，亦無忘不了的恩情，當時她可以滿足我的需要。」

「她愛你？」

「她很喜歡我，她很為我。但不如外界說，我從來沒花過她的錢，因為她手頭上根本沒有餘錢。」

「你有沒有用姚晶的錢？」

「沒有，在姚面前，我有異樣的自尊，我要盡我力量保護她愛惜她……況且我們不需要用錢，除出那次在夏威夷，我記得她堅持要購買頭等票子，我手頭上不夠零錢，她建議代我出，被我一口拒絕。」

夏威夷！

我不相信姚晶那白得像宋白胎瓷的皮膚曾經浪漫地經過陽光的洗禮。

我很安慰，他們到底去過夏威夷。

「多少天？」

「五天。」

「太短了。」我說。

「她不愛我。」

「她也不愛張煦，為何嫁他？」

石奇視我為知己。「像五小時那麼飛逝，晚上我不捨得睡，整夜守在她身邊，我知道這種好時光不會再三。」

這樣的苦戀，這個大孩子曾經這樣的苦戀。

我說：「已勝過人間無數了。」

他索性肆意的躺在我沙發上，也不脫下跑鞋，用雙臂枕住頭，閉着眼睛陶醉在苦楚及快樂的追憶中。

這時他已脫掉皮夾克，只穿件白色短袖的棉織汗衣，舉高肌肉均勻的雙臂，可以看到茸茸的腋毛，他瞼下的睫毛更濃密似隻蝴蝶，一向不重視男人外貌的我，也為之心動。

這種美也吸引過姚晶，她的寂寞及失意拉近兩人的距離。我明白這是怎麼一回事。

使我震驚的是他真正懂得愛，並且把全副精力貫注在她身上。

姚應與張煦離開來跟石奇。結不結婚不重要，在不打仗的時候，肚子又不餓，感情生活才是生命中最重要的一環。

我問：「你有沒有向她求婚？」

「十萬次，一天三百次，這是我們主要對白：嫁我，不。嫁我，不。」

「她為何說不？」

「她不愛我。」

「她也不愛張煦，為何嫁他？」

石奇忽然挺起腰板自沙發上跳起來，「我也是這麼問她！」

「她怎麼說？」

「她苦笑。」

「她太要面了。」

我知道毛病在什麼地方。

「是，因為恨她的人太多，想她倒台人更多，所以她要活得比較無懈可擊。」

「可是恨她的人早就知道她生活不妥，連你這樣一個孩子都看得到，還有誰看不出？」

「我不是一個孩子，」他忽兒揚揚濃眉，用手指着我，很具挑逗成份的説：「我不容許人這樣稱呼我，你不是要我向你證明這一點吧，你會後悔的。」

我深呼吸一下，怕自己定力不夠。

「喂，徐佐子，」他連名帶姓的叫我，「我發覺與你真談得來，我心頭隱痛彷彿少了一點，我們能不能再見面？」

我攤攤手，這……這叫人怎麼説不？簡直無可抗拒。

就在這時候，門鈴響了。

「我去開門。」

好的勿靈醜的靈。

門外站着楊壽林先生。

他推開我，走進來，看到地上東倒西歪的啤酒罐子，雙眼如銅鈴般瞪着石奇。

石奇不待介紹，立刻明白是怎麼一回事，拎起夾皮克就站起來，「幸會，」他一擺手，就自己拉開大門走掉。

我看到他那麼不負責任留下一個攤子讓我收拾，就知道他絕非馴良之輩，叫這麼俏皮聰明不羈的男人如此衷心私戀一個女人是跡近不可能的事，他視什麼世事都為一樁遊戲，但滑不留手的石奇為姚晶瘋狂。

每個人都欠下另一個人一些債。

我用雙手學貓兒般洗一洗臉，頹然坐下。

「喂。」壽林喝問我。

「喂什麼？」

「我在等你的解釋。」

「解釋什麼？」我沒好氣。

「這個男人怎麼會穿着汗衫在你客廳中出現？」

我說：「他是我失散十年的表弟。」

「別滑稽了！」他發脾氣踢啤酒罐。

「他只是普通的朋友。」

「什麼時候開始，你同普通朋友說話會雙目發光，兩頰泛紅？」他冷笑連聲。

「自從我跟潘金蓮學師之後。」

壽林咆哮一聲，「你少耍嘴皮子！」

我「霍」地站起來瞪着他。

他害怕，退後一步。

「道歉，」我說：「不道歉就以後不要來了。」

「佐子，自從你得了那筆可詛咒的遺產之後，你整個人都變了。」

我又再坐下，「錯，錢還沒到手。」

「你怎麼為姚晶困擾到這種地步？」壽林說。

我說：「我不知道，是一種魔法，也許是蠱。」

他歎一口氣，「為她吵架不值得。」

我不出聲。

壽林又說：「給我留點面子。」

面子面子面子。

你到底是什麼東西，這麼多人為你吃苦、忍耐、戴面具？有沒有一個魔王叫面子大神？

「你在想什麼？為何心神恍惚？」

「沒有什麼，」我說：「壽林，回去休息吧。」

「把電話的插頭插上吧，我不放心你才上來看的。」

「謝謝你。」我說。

他也走了。

我打一個呵欠，躺在剛才石奇躺過的沙發上，鼻子裏好似嗅到剃鬚水的香料味。

我就在這種情況下悠然入夢。

我訪問姚晶兩次，都沒有聞到香水。

也許她用得很含蓄，我坐得離她太遠。

我睡得很晏才起來，鐘點女傭在嗚嗚用吸塵機，我脖子睡擰了，酸麻酸麻的，我使勁用手搓一搓後頸，仰起頭來，睜不開雙眼。我想：姚晶可沒有這種煩惱了。

我從來沒問過她早上可有起床的困難。石奇說得對，我們早已沒有把任何一行的明星視作一個有血有肉有感情的人，只覺得他們無論做什麼都似演戲，因為生活實在太公開，脫離普通人的軌跡。

我記得昨日與壽頭的爭吵，覺得很沒意思。與他是一輩子的事，不應輕率。不過當時頭有點昏。是罐裝啤酒抑或是石奇的刮鬍水香味？

我梳洗後在筆記簿子中記下每個人聽說過的每句話。

忽然之間，我聯想到希特拉那些假日記，一大本一大本，密密麻麻的廿多本，原來全是西貝貨，寫不成小說的人都會得寫氣氛豪華夢幻式的假日記。

他們把生活中瑣事放大三千倍，如泣如訴，自欺欺人。不然怎麼活下去呢。

我放下筆，看着姚晶的照片發呆。

鐘點女傭進來説：「有客人。」

客人已經自己進來，我説：「是你，編姐。」

「電話的插頭讓我替你插上。」

「不不不，太多人會打上來。」

「把自己當大明星？」她嘲弄我，「外頭又出事，你那一筆已成過去，不吃香了。」

「發生什麼事？」我瞪着眼睛問。

「武俠明星的大老婆與小老婆大打出手，在各自分頭招待記者，你想會不會有人再注意你？」

什麼？我覺得打擊太大，沒人注意我？不再追着我拍照訪問？我沒有機會説他們討厭？不能再閃閃縮縮作特權分子？

我的風光時代竟這麼短促，好比詩人般斯筆下的水仙花。

這麼寂寞！

果然，電話插頭接上二十分鐘，都不再響一聲。群眾的力量真厲害，愛的時候愛死你，冷的時候凍僵你，吃群眾飯真不容易，溫度特別敏感。

姚晶去世時已經很溫吞了。

「不必欷歔，抬起頭來做人。」

「你呢，」我說：「你怎麼跑了出來？」

「我同楊壽林說：我想調到另外一個部門去。」

我問：「你還能做什麼？調到月刊去？期期做本市前途消息，黃膽水都悶出來。」當然是娛樂版的天地最天真可愛，即使大老婆罵小老婆，還是茶杯裏風波，喜氣洋溢的突出國泰民安。

編姐何必求調。

「無聊得很哪。」編姐說。

「姚晶的生活比你更無聊：嫁一個遙遠陌生但高貴的文夫，絲毫沒有錯，但與她如隔着一座玻璃牆。天天守着一幢大房子，無親無友，多悶。」

「她有石奇。」

「石奇解不了她的渴，她要的是一雙溫厚可靠的肩膀，不是個搗蛋小朋友。姚晶有戀父症，下意識她希望倚靠男人。」我說。

編姐說：「你彷彿已經很了解姚晶。」

「有一點，她是一個很不切實際而昂貴的女人。」

「像花百姿為沙皇設計的鑽石復活蛋？」

「形容得太好了，一點用途也沒有，但美得發昏。」

「我們去找王玉。」

「她在哪裏？」

「今日下午通告，我們約好她在電視台的餐廳見面。」編姐說：「用技巧勾起她往日的恨意，刺探姚晶的秘密。」

這叫做唯恐天下不亂。

做記者的人，多多少少都有這種毛病。

王玉人比照片還好看。眉宇之間有股悍意，生命力極強的女子，毫無疑問。

而且她時髦，小小的皮外套，捋起衣袖，襯着三個骨牛仔褲，頭髮皺皺，正是時興樣子。

她在吃一碟肉醬意粉。

飯堂的食物永遠偷工減料，那碟意粉顏色如蝦醬，但是她吃得很起勁，嘴上時新的淺色口紅褪了，露出性感鮮紅的原唇色。

我們在她面前坐下。

編姐自我介紹我們兩個。

「唔，」王玉含着意粉説話，真沒個相貌，「現在的記者也越來越會打扮了。」是那種出口傷人的語氣。

編姐的涵養功夫發揮至最高峰，她笑説：「不敢當不敢當。」

她對我就沒有那麼忍耐。

我們坐下，叫了咖啡。我有點緊張，因這杯咖啡特別苦澀黏口，像一團醬似的搭在胃中。

「要問我什麼，説吧。」

王玉吃完意粉，擦擦嘴，點着一支煙，看上去很舒服享受的樣子。

我說：「新戲拍得還順利嗎？」這句話萬無一失。

「你們來不是問我的新戲吧？」王玉斜斜看我，「我喜歡你的牛仔褲，什麼牌子？」

「杜薩地。」

「是嗎，你們也做牛仔褲？」

編姐說：「閒話不提，最近有見過石奇？」

「我們散掉已經兩百多年，真是閒話少提。」王玉很厲害。

「想不想念他？」我又問。

「為什麼老翻舊事來講？」王玉的反應激烈。

我想王玉並沒有忘記他。真正淡忘一個人的時候，她的反應會是漠不關心，像聽張三李四的名字一樣。

「你不願意談他？那麼我們不說好了。」

「慢着，」她又叫住我，「大家都還是朋友……」

我刻意留心她說這話時的神情，她並不是故作大方，而實在對石奇尚有戀戀不捨之情。

她也夠難受的，這麼久了，尚沒能忘記他，照看也不是塊材料，出來玩，最至要是忘記得快，一起床立刻患失憶症，不用去理身邊的人是面長還是面短。

我輕輕說道：「你沒有忘卻。」

王玉用力按熄煙蒂，揉得把煙絲都爆裂出來。

她像是碰到天底下最大的煞星似的，眼神既怨又毒但絲毫無法反抗，她的元神已為石奇攝走。

這不過是另外一個可憐的心碎女人，繽紛的外表下一顆滴血的心。

「要不要到靜一點的地方去談談？」我問。

她很倔強，「不必，有什麼在這裏說好了。是，我仍在等他回來，家裏一切佈置都沒有更改，全世界都知道，是又怎麼樣？我不怕你們寫，早已有人寫過。」

我問：「等他回來？」何日君再來。

「他會回來的。」她舐舐嘴唇，非常渴望焦急，又黯然銷魂。

我很難過，最怕看到失意的人，他們會得樂意相信一切幻象，飲鴆止渴。

「現在姚晶已經去世，他會得回來。」王玉說。

呀，我們終於聽到我們要聽的兩個字。

「我不認為如此，」我倒不是故意激她，「我不認為他會回到你身邊。」

「是嗎，他還能找得到比我更與他相襯的女人？」

我猛然想到他們兩個人真是襯配到巔峰，只是石奇彷佛比她多一抹靈魂，是從姚晶那裏借來的吧。

我靜靜的說道：「但是他愛姚晶多一點。」

「別再在我面前提這個女人的名字。」她燃起一支煙。

我想放棄，但編姐拉一拉我的衣角。

我抬頭，看到石奇走過來。

王玉也看到他，頓時抽緊，按熄香煙，假裝側着臉，斜看地下，沒瞧見他。

這瞞得過誰呢？我歎一口氣。

石奇看到我們這一桌，向我們這裏走過來，王玉更加緊張，但石奇的目光卻在我身上。

我？

一點也不錯，他向我俯身，「我們又見面了。」他說。

石奇有一雙無情卻似有情的眼睛，我在他凝視下險些兒失神。

「你好。」我說。

這時候他才無意中看到王玉，他只對她點點頭。

他又說：「你跟朋友在一起，我們改天再聊吧。」

並沒有與王玉說一個字，就走開了。

對我，他是愛屋及烏，因為我與姚晶有奇妙的關係。

再看王玉時，她的面色大變，她咬咬牙，說：「兩位有沒有空？請到我家來，我給你們看一點東西。」

我不想看，我也不想再折磨她。

但編姐真夠殘忍，她說：「來，大家還等什麼。」

王玉已經抓起手袋走出了餐廳。

在停車場王玉找到車子，我眼珠子都掉出來，嘩，淺紫色的林寶基尼，發了神經了，在平均時速十五公里的城市道路網上開這種陸地飛機，錢太多花不出去還是怎麼的。

我們三個女人全擠在前座，往王玉的家開去。

王玉的駕駛技術不但頗差，而且德行也奇劣，不斷的搶燈、轉線，驚險百出，要不是她那有名的面孔出奇的美艷，早已被人問候祖宗十八代。

在車中編姐向我擠眉弄眼。

我們駛抵一幢豪華住宅區，王玉下車，咬牙切齒的用盡吃奶力拍攏車門。她說：「這個家，便是我與石奇同居三年的地方！」

難怪她忘不了他。三年，太久了，起碼亦要三年後她對他的記憶才會淡忘。所以我一直勸那種結婚十年的女人不要離婚，等忘記那個創傷時，已經白髮蕭蕭。

「你們為什麼不結婚？」我說。

「因為他從頭到尾沒想過要同我結婚。」王玉的雙眼似怨毒得冒出血來。

我閉上尊嘴。

早說過每個人都欠另一個人一筆無名債。

這邊廂石奇三年來忍着不提婚姻，那邊廂每天向姚晶哀求三百次。老天冥冥中開這種玩笑折磨人，弄得哭也不是，笑也不是，求生不得，求死不能。

我們跟着她上去。

公寓的間隔很普通，奇亂無比，不知有多少天沒有收拾，室內有一股煙酒宿味，潮嗒嗒。

編姐忍不住，立刻不客氣的推開一扇窗，讓新鮮空氣透進來。

我與她都是衞生客，冬天都開窗睡覺，寧願開足暖爐。

我們把沙發上堆着的七彩衣物撥至一角，坐下。

那些名貴衣服可能從來未經洗滌，散發體臭以及各種香水味，要命，開頭我以為印度人才有這種味道。

王玉絲毫不覺有什麼不妥。

王玉取出大疊照片簿子給我們看。

編姐略翻一下，不大感興趣。

我瞥見都是她與石奇合攝的親熱照片，不過份，但也夠肉麻的。

真奇怪，他們做事全不顧後果，亦不留個餘地，這類照片落在旁人手中，有什麼益處呢。

編姐說：「王玉，你最好把這些東西收得密密的，登出來，對你的害處多過對石奇的。」

「我不管！」

「損人不利己是愚者行為，這樣一搞，也許他永遠不回來了。」我說。

「你們沒有看到剛才他對我的情形？嘿，好比陌路人！」

真是一個死結，解都解不開來。

我與編姐很沉默。

傷心及妒忌的女人往往似一隻瘋狗，再也不能以常理推測她們的所作所為，但願我們永遠不會淪入這種萬劫不復的地步。

「他在離開這裏的時候同我說，只要我替他守秘密，有一天他會回來。我替他守了多久？一年整。在這一年當中，他電話也沒來過一個，見到我跟陌生人一般，我找他這麼多次，他沒應過我一次，還要我等多久？」

我冷眼看她，我要是她，我就守一輩子。成年人最忌不甘心，在事後數臭床上人。當初你情我願，跑到床上去打交情，事後又互訴對方不是，簡直不像話，狗也不會這麼做。

王玉在我心目中的印象一落千丈。

我第三次暗示編姐要走。

編姐卻問：「秘密？什麼秘密？」

「姚晶的秘密。」她狠狠說。

「姚晶還有什麼秘密？」我失笑。人都去了。

「怎麼沒有。你們可知道，她有一個十七歲的女兒？」

我與編姐都呆住，面面相覷。

我聽見編姐說：「別胡說。」

「沒有人知道吧，」王玉得意洋洋，整個人豁出來，「我知道，石奇也知道。」

「不可能，」編姐站起來，「懷孕需要九個月的時間，她從來沒有離開觀眾那麼久。」

王玉唇槍舌劍，「是她走進電影界以前生的。」

「那孩子呢？」

「早已過繼給別人。」

「我不相信，」我氣急敗壞的說：「你最好不要亂說，沒有人會相信你，你提不出證據，況且姚晶已經去世，你不能再詆譭一個死人，否則石奇不饒你。」

「你焦急了，」王玉笑，「你也知道這件事不是沒有可能的，是不是？」

「這太可怕。」我用手掩起面孔。

編姐問：「這件事，是誰告訴你的？」

「石奇。」

「他怎麼會把這種事告訴你？」我氣憤莫名，姚晶真是所託非人，人家把她出自肺腑的秘密當體己話來講。

「所以我相信石奇會回來。」王玉説。

我冷靜下來。我也開始相信他會回來。他們兩個人是同一類人。

「這個孩子，姓名叫什麼？在哪兒可以找到她？」

王玉大笑起來，「我要是知道，我還等你們來問呢，我早就將之公佈於世。」她笑得那麼歡欣。

我寒毛都散開來，打一個冷戰。

我忍無可忍的站起來，拉着編姐的手臂。

「獨家新聞你們不要？」

編姐的回答令我很安慰：「我們不要。人死燈滅，對於死者，傳統上我們予以尊敬。」

她與我同時站起來，離開王府。

編姐舒一口氣，我也是。

連電梯走廊裏的空氣都比王玉的客廳來得暢通。

我喃喃說：「這個可怕污濁的女人。」

「算了。」她說。

我們乘電梯來到街上。

編姐說：「針不刺到肉不覺痛，事情不臨到自己頭上是不知道的，可能你在失戀的時候比她更痛。」

「她痛？」

「自然，你聽不到她還怒於人的嗥叫？」

「怎麼沒有人勸勸她。」

「說穿了我們都是寂寞的人。」編姐笑，「我亦找不到勸我的人。」

我們默默走在街上，不由自主走進咖啡店。

我們對坐許久，我問她，「你信不信王玉所說？」

編姐點點頭：「信。」

「你怎麼會相信？這明明是謠言。」

「要當事人出來否認的才是謠言。」

這根本是很普通的事，她為什麼要瞞着眾人，索性自己掀出來天天講，觀眾反而厭倦。不但前夫，前夫所生的兒女不必忌諱，連這些孩子是用人乳哺養亦可公諸於世，表示公開、大方、偉大。姚晶若學得一分，已算是時代女性。

我真不明白姚晶這種悲劇的性格。

完全不必要隱瞞的事偏偏要視之若秘聞，白白給旁人有機可乘。

編姐說：「你有沒有想到是為了張家的面子？」

「但那是她嫁張煦以前已經發生的事，」我說：「如果張煦不接受，她沒有必要同張煦結婚，我真弄不明白為什麼她要把自己弄得似沒人要的爛茶渣。」

「她的確有一種自卑。」

「張煦有什麼好？你看，他在精神與物質上都沒有給姚晶任何支持，他長年累月的在外國，夫妻關係根本有名無實。」

編姐用手撐住頭。

「我就是我，」我憤慨的說：「我有三個前夫八個孩子也還就是我，我不會拿他們出來當新聞賣，但是我也不會冒充。」要就要，不要拉倒。

「性格控制命運，這句話說得再對沒有。」我蹬足。

編姐看着我搖頭，「對於你來說，沒有什麼是值得千思萬想，對月徘徊的，你這個人真粗糙。」

「對，你可以這樣批評我，但是適者生存，做現代人當然要吃得粗糙愛得粗糙，因為世上有更重要的事等着要我去做，哪有時間在細節上耍花樣。」

「別太誇張。」

「嘿，信不信由你。」

「我知道你為姚晶呼冤，但有很多事，明知有利，我又試問你是否能夠做得出來。」

「像什麼？」

「像立刻寫一本書把姚晶的秘密披露。」

我啞口無言。

「何嘗不會有人說你笨！利還是其次，保證你立刻譽滿香江。」

「那種名！」

「你會這樣想可知你還不是現代人，」編姐抓住我的小辮子，「現代人應當不顧一切不擇手段的往上爬，做什麼都不打緊。」

「那不是變成王玉了？」我反問。

「你能說她不現代嗎？」編姐說：「好了，那我們五十步何必笑姚晶的一百步？都是過時的人，」編姐慨歎，「程度有別而已。」

我啞口無言。

如果姚晶的故事如一隻絲繭，我們一下子抽了許多絲頭出來，手忙腳亂，可是尚茫無頭緒，因為這不是一件謀殺案子，我們不是在尋找兇手，我們根本不知要找些什麼。

「我要回報館去向楊壽林告假，」編姐說：「我要與你同心合力地把姚晶的身世追查個水落石出。」

「為什麼浪費時間？」

「因為我太想知道為何一個相識滿天下，有直接承繼者（丈夫與女兒）的女人要把名下財產饋給陌生人。」

「知道原因之後，我們可以得一個教訓。」編姐說。

「你的工作——」

「我也厭倦那份工作，正好趁機會休息一下。」

「來，同志，我們乾杯。」我說。

四隻手緊緊握在一起。

沒想到壽頭的反應是那麼激烈。

他先把我罵得臭死，說我把梁女士帶壞，此刻她要告假三個月，不准的話，立刻辭職。

然後指摘我不務正業，令他失望。不但是他，還有他父親，他母親，以及全人類。

我思想線路不明朗，他說。我早該決定好好成家立室，嫁入楊家，養兒育女。此刻我錯過這個機會，靠姚晶那二十萬美金是絕對過不了下半輩子的，他預言。

剛好第二天律師便將款項交到我手中。

我與編姐商量一整天，決定把錢全部作慈善用。

我們將到女童院去選一孤兒，與院方合作，把她培育成人，最好的教育是必需要的，再加上一切這筆款項能夠提供的物質，相信可以幫到這孩子。

這也可以讓壽林知道，我並無以為姚晶的遺產可以使人舒適的過下半輩子。

他的氣頓時消了一半。

他甚至陪我們到女童院去認養一嬰兒。

我早與編姐決定，要選一個身體健康，但貌寢的小孩子。因為美貌的人總不愁出路，扶弱也是我們思想古舊的地方。

楊壽林又給我們潑冷水。

他說這筆錢可能害了一個孩子的一生：本來她可以開開心心做個平凡人，讀完書做人上人未必使她更幸福。

也許連這一切都是注定的。我志在必行。

我們找到的是兩歲大棄嬰。甫出生就被丟在公廁外，身上只包一條布。她皮膚黑、眼睛小，而且是兔唇。

看到那張小面孔我與編姐嚇了一跳，強作鎮定才寧下神來。

什麼每個孩子都是安琪兒，到過孤兒院病房就可以明白不是每個孩子都有資格做小天使的。

我不肯抱那個孩子。

我聽見壽林喃喃道：「我們的愛心，實在有限。」

辦好一切手續，我說出要求，反正那孩子沒名沒姓，為紀念姚晶，名中帶個晶字。

壽林搖搖頭，「沒有意思，她又不是沒有親人。」

真的，我們頹然，姚晶並不孤苦，她有父母、丈夫、姐妹，甚至……女兒。

這件事做妥之後，我放下一塊大石。

在一個意外的場合，我碰到石奇。

他一見到我，立刻丟下身邊的人走過來。

不知內情的人，真會以為他對我非同小可。

這一次我對他很冷淡。他的深情不羈爽朗可能全是裝出來的，私底下他並不懂得珍惜姚晶付給他的感情。

「為什麼不睬我？」他聲音低沉，帶三分嗔怪，又一分撒嬌。功夫是老到的，在銀幕上練慣了，熟能生巧，對牢咱們這種圈外人使將出來，無往不利。

我衝口而出：「我對你失望。」

他怔住，隨即失笑。

我也笑。這麼蠢的話虧我說得出，有人令我失望？活該。誰叫我對不相干的人抱有希望。

我正顏說：「你不該把姚晶的秘密到處亂說。」

他立刻知道我指的是什麼，立刻沉默下來。過一會兒，他說：「那日我醉了。」

「那個孩子叫什麼名字？現在住什麼地方？」

「我不知道。」

「現在不知道已經遲了。」我諷刺他。

「我真的不知道。」石奇急得不得了，「姚晶一夜喝多了，跟我說起，我一直沒敢問她是真是假。」

都在酒後。

我問：「請問她怎麼說？」

「她說我年輕，她說，要是當初把女兒留在身邊，那孩子倒是與我差不多年紀。」石奇說起姚晶，又露出癡醉的神情來。

我歎口氣，「後來呢？」

「後來她再也沒提起過。」

「你也沒問？」

「這對我不重要，我何必要問？」他很直率的說。

我凝視他半晌，百感交集，歎一口氣。

「有什麼事？」石奇拉着我，關心的問。

我搖搖頭。「你這個人。」

「我怎麼樣？」他很焦急，彷彿怕我曲解他。

真不知道他哪一部份是真，哪一部份是假，這樣臻化境的演技，大概只有姚晶才分得出來。

「我為那次失言，至今還被王玉威脅。」他急急解釋。

「得了。」我輕輕按住他的手。

我一轉頭，是壽林。

壽林看到石奇，像是仇人見面，分外眼紅。

我連忙打哈哈，「你怎麼也來了，這個酒會一定發出七千張帖子。」

壽林推開我，指着石奇，「離開我的未婚妻。」

石奇用手背擦鼻子，掩飾不住對壽林老套的嘲弄。

我立刻發覺壽林塌我的台。便懊惱的說：「壽林，你別這樣幼稚。」

這更激怒了他，他拉起我，「我們立刻走。」

輪到石奇以為他要對我不利，用空手道姿勢向壽林的手臂切下去。

我即時省悟看在別人眼中，這何嘗不是兩男為一女爭風。

我嚇一大跳，「別這樣，別這樣！」

說時遲那時快，石奇面孔上莫名其妙，已經着了一記，他忍無可忍，向壽林揮出一拳，壽林不折不扣是個讀書人，幾曾識干戈，立刻倒退數步，撞在一位盛裝的太太身上，打翻人家手中的雞尾酒。

眾人為之嘩然。

我立刻扶起壽林，「不要打不要打，我同你走。」我拉着他像走難一般的從梯間逃走。

壽林猶自掙扎，不服氣，並且遷怒於我。

我放開他，攤開雙臂，大聲說：「瞧，看看這位明尼蘇達州立大學的新聞系博士，看看！」

他才緩緩鎮定下來。

「去喝杯啤酒，來。」

他摔開我，一聲不響，伸手叫部計程車，走了。

我站在街上，很覺無味。月亮照見我的心，我對石奇有什麼邪意？壽林來不及的要怪罪於我。

一個男朋友還應付不來呢，有些女人一次過有好幾個，都不知有幾許天才。

我嘲笑自己，在街上躑躅，腳上一雙高跟鞋又緊了些，更覺禍不單行。

第二天我積極的約見朱老先生。

他拒絕進城來，我央求再三，又答應去接，他仍然不肯出山，我只好親自造訪。

我把石奇叫出來做司機，沒想到他一口答應。

坐他的車子真能滿足虛榮心，他的駕駛技術完全是職業性的，大街小巷，無遠弗屆，只要你說得出，他就去得到，車程比平日省下一半。

我們趕到的時候，朱老先生正在吃午飯。

我早吃過，故此捧着杯茶陪他。石奇沒進來，他在外頭等我。

朱先生不經意的問我：「那是你的男朋友嗎？」

他飯桌上放着一碟子奇怪的佐菜，一塊黑黑灰灰，有許多腳，是海產，有腥臭味。

「這是什麼？」我好奇。

「醉蟹。你男友為什麼不進來？」

「那不是我的男友，那是石奇。」

他嚇一跳，抬起頭，平日無神的雙眼突然發出精光，細細打量我一會兒，晶光收斂，又繼續吃他的醉蟹。

那麼奇腥的東西怎能下飯，這種吃的文化真叫人吃不消。

「石奇這種人呢，你離得越遠越好。」

我很爽快的說：「這我知道，我絕對量力。」

他似乎放心，「你來找我，又是為什麼？」

「你是一定知道的，姚晶可有一個女兒？」

他一震。

我立刻已經知道答案。

「她怎會不把財產留給女兒？」我問。

「不需要。」朱先生很簡單的答。

這孩子過繼給誰？情況可好？今年多大歲數？漂亮否？姚晶跟什麼人生下

她？她是否住在這城裏？十萬個問題紛沓而至。

「不要再問，再問我也不會回答你。」

「你可以相信我。」

「我不願再提她的傷心事。」他守口如瓶。

老女傭又捧着一碟子灰白灰白的菜出來，一股強烈臭味傳過來，能把人薰死！

我捏着鼻子，「是什麼？」

「臭豆腐蒸毛豆子。」老頭子如獲至寶般伸筷子下去。

我真受不了，把椅子移後兩步。

我不待他下逐客令，站起來告辭。他不會再說什麼。

我出來時看見石奇與鄰家的狗玩得很瘋，在草地上打滾。

我對牢他們吹一下響亮的嗯哨，人與狗都站起來，豎起耳朵。

我忍不住笑。

石奇一個觔斗打到我面前，全身似有用不盡的精力，這個一半孩子一半野獸的奇異動物，不摸他的順毛，他會吃人的。

「有消息沒有？」他問。

「你看你身上多髒。」我說。

他怔怔的看我，「姚晶也時常這麼說我。」

我雙手插在袋裏，「不稀奇，每個女人都有母性。」

他又問：「姚晶是不是有女兒？」

「證實是有。」

石奇面孔上露出很嚮往的神色來，「不知她長得可像姚晶？」

我忍不住問：「你可知道姚晶的真名字是什麼？」

石奇一聽馬上責怪：「你們這些讀書讀得太多的人最愛尋根問底，把愛人八百年前的歷史都翻出來研究：值得呢還是不值得，應該給什麼分數，這是愛嗎？我並不糊塗，我可以告訴你，她無論叫什麼名字，我一樣愛她。」

石奇一向很有他的一套，他那種原始的，直覺的，不顧一切的感情浪的確能夠使人暈眩。但是——

他並沒有打算跟任何人過一輩子，一剎那出現在生命中的火花何必追究來歷。

姚晶當然也看到這一點。

石奇並不是寬宏大量，他是沒有耐心知道姚晶的過去。

這對姚晶來説是不夠的，她要一個有資格知道，有資格寬恕的男人真正的原諒她，雖然她並沒有做錯什麼。

只有上主才會原諒罪人。

小時候跟母親到禮拜堂觀教徒受洗，一邊詩班在唱：「白超乎雪，潔白超乎雪，寶血將我洗，使我白超乎雪……」不住的唱頌，一次又一次的重複，聽着聽着心靈忽然平安起來，漸漸感動，雙目飽含眼淚，只有上主才會原諒罪人，而人，人只原諒自身。

姚晶連原諒自己都做不到。

「你在想什麼？」石奇問我：「我喜歡你這種茫然的神情，是不是每個從事寫作的人都會有這種表情？」

我自夢中驚醒，笑起來。

「送我回家吧。」我說。

他喃喃說：「如果不是有通告，我就不會放你回家。」

「省點事吧。」我苦笑。

「你怎麼會有個無聊的未婚夫？」

「他可更覺得你無聊。」我說。

「他有什麼好，不過多讀幾年書。」石奇忽然很憂鬱。

「不過？書是很難讀的。」

「胡說，有機會才不難。」石奇說。

「你現在也有機會呀，賺那麼多錢，大把小大學肯收你，」我訕笑，「幹麼不去？」

「不跟你說。」

「讀書也講種子的。」

「你彷彿很喜歡他。」

「嗯，當然。」

「像你們這種人，那麼理智，也談戀愛？」

「我們這種人，還吃飯如廁呢。」我莞爾。

「找到晶的女兒沒有，我想見她。」他說。

「找到她也不讓她見你。」

「嘎？」

「你是頭一號危險人物。」

他又得意地笑了，一邊擦鼻子。

這個人的情緒一時一樣，瞬息萬變，誰同他在一起誰沒有好日子過，真不明白為何王玉對他戀戀不捨。

到家我找到編姐。

「嗨。」她說：「我已約好趙怡芬與趙月娥。」

我說：「我們一定要把那女孩子挖出來？」

「是。」

「現在停止還來得及。」

「不，」編姐說：「我工作已去，無牽無掛，非要正正式式做一次好記者，把所有的底細尋出來不可，可喜這是宗不涉及政治或是商業秘密的事件，否則大為棘手，甚至有生命危險。」

「那兩位女士肯不肯出來？」

「肯，很大方，我游說她們，令她們無法拒絕。」

每個人都有每個人的才華。我認得一個其醜無比的女人，但是她那一手字！秀美兼豪爽，瞧着都舒服。誰還敢看誰人不起？

「約在什麼地方，什麼時間？」

「星期日中午。」她說了一個地點，那是最旺的中國茶樓，水洩不通的一個地方，噪音分貝強到會影響耳膜安全，記者生涯不容易。

我與編姐挑燈夜戰，把日間發生的情節全部記錄好。

那些記錄，像小說般，有形容詞，有對白，有感想，就差沒加上回目。

我說：「編姐，紅樓夢也是不依次序寫成的。」

「別做夢。」

「我們也花了不少心血。」

「人家十年辛苦非尋常。」

我很惆悵，只得低頭疾書，兩個人在紙上沙沙沙，如昆蟲在樹葉上爬動，筆下一發不可收拾，待抬起頭來的時候，一看鐘，已經是晚飯時間，而且腰痠背痛。

我伸個懶腰。

職業作家不好做啊。

編姐還在努力操作，我不好意思打擾她，忽然希望有支香煙。

在朦朧的黃昏，疲倦的心態下，勾起我許多心事。

石奇問：你們這種人也談戀愛？

意思是我們前門怕賊，後門怕鬼，處處自愛，根本不能放膽去愛。

我苦笑。是。

未認識壽林之前，我也愛過一次，還沒開花就被理智淹死的感情。

對方是公司裏最高位子的一位主管，長得並不像電影明星，因為從來不認為男人需要靠一張面孔或一副身材取勝。他儀表高貴、智慧、學問好、有急才、肯承擔責任，才幹自內心透出，使他成為一個最漂亮的人。

我想他看得出來，每當他與我說話時，我不但肅然起敬，不但不敢調皮，差點沒用文言文對答，雙眼中傾慕之情是無法抑止的吧。

那時年紀小，比現在大膽。往往什麼事都沒有，就跑去他辦公室，靠着門框，雙手反剪在背後，如個小學生，只笑說：「你好嗎？」又沒有下文。

他也不趕我走，兩人對着三分鐘，我訕訕地，他大方地，然後我就告辭。

連咖啡都沒喝一杯，更不用說手拉手之類的接觸。

他是否有婦之夫打什麼緊。

那時連聽到他的名字都很悠然，深深歎口氣，很希望很希望死在他懷中。

要是死在他懷中，由他辦身後事，由他擔當一切，想着往往會不自覺紅了雙眼。這何嘗不是至高至深至大的寂寞。

勞苦擔重擔的人希望在他那裏得到安息。

至今我記得他辦公室的間隔，每早晨光下他寬大的桌子，他身上整潔不顯眼的西服。

我們都渴望被照顧被愛，在這個關鍵上，人都脆弱。

到最後失望次數太多太多，只好自愛，真可憐。

我用手掩着雙眼，躺在沙發上，感到手上潤濕。我哭了麼，為着什麼？

無名的眼淚最痛苦，心底積聚的委屈，平時被笑的面具遮蓋，在適當時候一觸即發。

「佐子，佐子。」

「不要理我。」

「你在想什麼？」

我用手指抹去眼淚，但它慢慢地不聽指揮地沁出。

「怎麼了？」

我帶着眼淚笑，笑是真的，淚亦是真的。

「在想一切不如意的事。」

「別去想它，想下去簡直會死。來，去吃飯，去跳舞，去玩，胡胡混混又一日，來。」

我們終於又見到趙氏姊妹。

茶居吵得要扯直喉嚨講話，句句都叫出來。

我開了錄音機。與他們談完話，開着來細聽錄音帶，內容很雜。

經過整理，我盡量把每一句話記錄下來。

以下便是我們一小時的對白的摘要。

趙怡芬出場：「來一碟子肉絲炒麵，麵炒焦些，這裏的廚房是不錯的。月娥，你不是喜歡炒腰子嗎？再加拼盤，吃些點心，也差不多了。」

真驚人，這麼能吃，胃口太好的人一向給我一種涼血麻木的感覺，近年來抬頭都只見遠憂近患，簡直已經沒有吃得下的人，她們兩姊妹倒是奇蹟。

趙月娥：「飯不能白吃，梁小姐，徐小姐，怎麼，有什麼是我們可以做的？（嚼嚼）。」

「……姚晶的女兒？」

杯碟筷子聲交錯。

「姚晶的女兒……」

此時我用一架不用閃光燈大光圈的山型萊架替她們兩姐妹造像。

人們對於閃燈特別敏感，立刻知道有人在拍照，如不用閃燈，按多少張都無所謂。

「姚晶的女兒……」她倆不斷沉吟。

姚晶真的有女兒，又一次被證實。

「她在什麼地方？」

「一出世就過繼給人了。」趙月娥說。

「你的意思是，孩子並不是在姚晶身邊。」

「一出世就給抱走，我們也沒見過，聽說是個女孩子。」

「多少年之前？」

「那年她自上海出來沒多久……孩子約十七八歲吧。」

「誰領養了這個孩子？」

「我們不知道。」

「姚晶有沒有去看過她？」

「據我們所知，從來沒有，她也不提她，我們故意在她面前問起，她也沒有反應。」

「故意」問起。為何要故意問起。是有心挖她瘡疤，還是特地要出她洋相。

當然，不必替姚晶擔心，應付她們這樣的人，姚晶的演技綽綽有餘，誰也別想在她面孔上找到什麼蛛絲馬跡。

那女孩子，十七八歲了。

「她叫什麼名字？」

「不知道！」

「父親是誰？」

「姚晶的丈夫。」

「她以前結過婚？」編姐幾乎打破杯子。

「共結了兩次。」

「這個男人，他在什麼地方？」

「不再有消息了。」

「是個怎麼樣的人？」

實在太渴望知道。是二流子？阿飛？當時兩個人都十五二十？他騙她？對她不住？

「不。」

「是個怎麼樣的人？」

「是個中年人。」

「中年人？」我們錯愕之至。

「是的。」

「怎麼會！」我說。

「是一項買賣，當時他們來到香港，不能安定下來，他們父女都不安份，於是她認識這個生意人。」趙月娥說。

「是正式註冊結婚？」

「是，婚姻註冊處註冊。」

「咦，噫！但是姚晶從來沒有辦過離婚手續。」編姐大大驚異。

她重婚，她在美國重婚。

她前夫卻沒有提出抗議，為什麼？

「那個人叫什麼名字？」我搶着問。

「馬，姓馬，他叫馬東生。」

無論如何，這位馬先生是個值得看重的人，因為他守口如瓶，如果他也像此間一些輕薄的男人般，佔了便宜得着甜點，還到處去大叫大唱，姚晶會怎麼樣？

這算不算是不幸中之大幸？她的男人都為她沉默如金，連小小的石奇在內，皆為她守秘密。

「怎麼才能找到馬先生？」

「我們有十多年未曾見過面。」

「怎麼能找到他？」

「他一直做成衣外銷的生意。」

「謝謝你們，」編姐說：「多謝你們的資料。」

到這裏我實在忍不住，問她們，「為什麼說這麼多給我們聽？」

趙怡芬忽然說了非常發人深省的一句話：「心中有秘密，不說出來，知道秘密何用？」

說得太好了。

我們把這一段錄音對白聽了又聽，聽了又聽。

其中夾雜着不少「月娥，快吃，涼了就顯油膩」與「喂，灌湯餃，這裏」之類的廢話。

我與編姐的結論是，她們不喜歡姚晶。

「為什麼？」

「因為偏心。」

「別胡說，公道自在人心嘛。」

「人心？人心早偏到胳肋底下去了。」她說：「我弟有兩個女兒，大的似明星女，二女似小醜鴨，他有一次說兩個孩子俊醜差那麼遠。」

「誰曉得還有下文，他竟說：『二女多美，大女多醜。』聽者皆駭笑。世事有什麼公道可言，愛則欲其生，惡則欲其死，越是與眾不同，越得人厭憎，所以都說平凡是福，你懂得什麼？」

嘩，教訓是一套一套的。

我們尚得設法去找馬東生先生。

「你去紐約找張煦，我去找馬東生。」

「別調虎離山，咱們倆永不分離，一齊找馬東生，見完阿馬，齊齊找張煦。」我們像是得到所羅門王的寶藏地圖，一直追下去，不肯放手。

經過九牛二虎之力，明查暗訪，還出到私家偵探，才追到馬東生先生蹤跡，並拍下照片。

我已經好久沒見到楊壽林，工作很忙的時候抬起頭，也很想念他，但不致於想到要找他。淡下來了，毫無疑問，他也沒有主動同我說聲好。

很令人惆悵，以前有一度，咱們也有頗濃的情意，該趁那時候，加些麵粉，沖厚些，不至於弄得現在這樣。

太遲了。

我又拿起馬東生先生的照片細看。

他剛自家門出來，家住在九龍塘，是那種改建的三層樓頗具規模的洋房，正在登上一部柯士甸。車子有十年歷史，他身上的西裝也有十年歷史。

他長得像一個江北裁縫，胸凹進去，背凸出來，微駝的身形，已經畸形的脊椎，上了年紀，缺少運動的中老年人都如此，不過馬先生在年輕的時候，肯定也沒有英俊過，說不定也就是現在這樣子。

廿年前，他是一宗買賣婚姻中的男主角。

姚晶那時大概只有十多歲，她還沒有進電影界。

拍戲是她與他分手之後的事。沒想到這個秘密維持得那麼好，那麼久。

孩子也是在姚晶進入藝林電影公司訓練班之前生下的。我們不明白的是，照馬東生的經濟情況看來，他能夠負責這孩子的生活有餘，為什麼女兒會過繼給別人？

編姐說：「我看張煦未必知道這麼多。」

「我認為他是知道的，這足以解釋後期他對她冷淡的原因。」

「為了這麼一點小事？」編姐失笑。

我想一想，「或許張煦不介意，但是很明顯，他家人很不滿意。」

「又不是他家人娶老婆。」

「但你不是不知道，世家子一離開世家，便貶為普通人，他們是不肯違背長輩意願的。」

別說得那麼遠，就算是壽林吧，如果家裏不喜歡他同我來往，他還不是掉頭就走？

新文報只此一家，他身為總經理，離開我還是離開他家，選擇是很明顯的。

「張家又為何因這種小事而跟姚晶過不去？」

「我不知道。他們有他們的苦處，有點名望的老家族，恐怕人面很廣，媳婦有這種歷史，叫親友在背後談論紛紛，大概是難堪的。」

「會嗎？」編姐很懷疑。

我們是普通人，日出而作，日落而息，下班把房門一關，扭開電視，又是一天，當然不覺得生活有何痛苦繁複之處。

年前再婚的女友參加新翁姑的晚宴，碰巧是母親節，那婆婆問我女友說：「你也是母親，祝你母親節快樂。」

真是曖昧，也分不出她是關心還是刻薄，我聽了馬上多心，直接感覺是這個婆婆不好相處，替女友捏一把汗，果然，過沒多久，她跟丈夫分開。

人際關係千絲萬縷，哪裏有什麼雖千萬人吾往矣的故事。

是以到後期張煦住紐約，姚晶住香港，夫妻關係名存實亡，就是因為其中夾雜牽涉的人太廣。

我同編姐說：「你彷彿很久沒寫稿了，快操練操練。」

「寫不出來，有時候星期五興致勃勃的開始寫，一日也有三五千字，正在慶幸下筆順利，一個週末後再也續不下去，抽屜裏又多了一疊廢紙。」

「日子久了也不再嘗試，只寫一些小品，三五百字，日日清。」編姐說。

「將來誰寫姚晶的故事？」我說。

「你。」她始終不肯動筆。

太辛苦了。這樣的大任竟落在我身上。

我也得先找到答案再說。

馬家傭人對我們很客氣，放我們進屋子裏。

馬東生的屋子佈置很舒服，傢具是五十年代所謂流線型的式樣，保養得很好，現在看上去不但不覺古老，反而新奇，在懷舊狂熱影響下，連一支柏克五一金筆都是難能可貴的，何況是滿堂名貴傢俬。

等足一小時，他打過電話到寓所，傭人把我們名字回過去，他約我們第二天見面，打發我們回去。

但是第二天再去的時候，傭人不肯開門，我們中了調虎離山計。

我們立刻知道毛病在什麼地方。我倆太過輕敵，暴露了身份，馬東生立刻知道我們是為姚晶而來，警惕十分。

幸虧我們已有電話號碼，但打來打去，傭人只說馬先生人不在香港。

我看整件事要靜一靜才能再把他挖出來，窮逼一隻驚弓之鳥，對我們來說，也沒有好處。

「來，我們先去三顧草廬，別忘記朱老先生。」

我們去得很及時，朱家大小十餘口，已辦好移民手續，日內就要動身，看到我倆，朱老很是詫異。

他問：「你們還在做姚晶的新聞？」

「不不不，不是做新聞，只是擱不下手。」

「與你沒有關係的事，知道那麼多幹麼？」朱老問。

「不，我一定要查出為何她要把遺產交給我。」

「因為你可愛呀，那還不夠？」他也很會說話。

「不夠。」

「你們不會在我這裏再得到什麼。」

「我們已找到馬東生。」我說。

「……」

這小老頭。

他一直知道馬東生，偏偏任由我們繞圈子。

「他不肯見我們，那是沒有用的，」我用很卑鄙的手法，「朱先生，請你告訴他一聲，我們必要時會得在他家門守上幾日幾夜，請代我們向他保證，我們絕不會把他所說當新聞寫出來。」

「這又是為什麼？」老先生不原諒我們，「他是個正當生意人，你們何必去騷擾他，」他對我們的神色有點厭惡，「別人為了二十年前的舊事來打擊你的生活，你又如何？己所不欲，勿施於人，這一代年輕人只有私欲。」

這樣的控訴是很嚴重的，我馬上噤聲。

編姐白我一眼，「她不會說話，朱先生，你不要怪她。」

「你們兩個人，放着正經事不做，還想知道什麼呢？」

我說：「我想見姚晶的孩子。」

「孩子更加與你們無關，為什麼不讓她好好過日子？」

我勉強的笑道：「朱先生把我們說得像蝗蟲似的。」

「你們難道不是？」他站起來，「電話，儘管幫你打，人家見不見你，我可不敢擔保。」

他走開。

我無端給他罵一頓，覺得悶。

編姐說：「你應當為姚晶高興，有這麼多人維護她。」

給她這麼一說，我的氣消了一半。

真的，姚氏兩姐妹就不見得有這種苦心。

過了好久也不見朱先生出來。

編姐身邊剛巧堆着一隻大型紙盒子，裏面都是藝林公司的舊畫報，非常有歷史價值，她翻得愛不釋手。

朱老終於亮相，他攤攤手宣佈結果。「馬先生說無論如何不見記者，如果你們在報上亂寫，他告報館，而且斷不止律師信、道歉啟事那麼簡單，他會把你揪到法庭去，時間金錢在所不計。」

我與編姐面面相覷，沒想到碰到定頭貨。

「到此為止吧，小姐。」朱老先生心腸又軟下來，看樣子他無法對女性板面孔，真是個好人。

「姚晶為什麼不把錢給女兒？」我死心不息。

「她不需要。」

「為什麼不需要？」

老人家被我纏得慌，叫出來：「她的養父母及親生父親環境都很好！」

沒有人要姚晶的錢。

也沒有人要她的愛。

「只准再問一個問題，」老先生氣呼呼地說。

我剛要再發問，被編姐一手按住，「朱伯伯，這些畫報你還要不要？」

「全要丟掉。」

「送我好不好？」

「你儘管拿走。」他鬆一口氣。

「來，幫我搢箱子。」編姐向我使一個眼色。

我同朱先生說：「幾時我到美國來看你。」

他立刻寫地址給我，「你要是問我個人的私事，無論多隱蔽都可和盤托出。」

「謝謝你。」我很感動。

其實寫他的故事又何嘗不是一本好小說。為什麼以前沒有想過？是日我們沒有收穫，除非你喜歡看電影畫報，像編姐。

編姐整夜喝紅酒，聽比莉荷莉地唱怨曲，以及翻閱這些畫報。

她問我：「這些大紅大紫的明星都怎麼樣了？」

我說：「沒有怎麼樣，就像其他人一樣，死不了的，全部活下來了。」

「怎麼一點消息都沒有？」編姐問。

「外國電視台有一個節目，叫做『某某怎麼樣了？』專門訪問過氣名人，怎麼，你也有打算開這麼一個專欄？」

「有意思極了。」

「是。我也覺得很好，每一個從燦爛歸於沉寂的名字此刻怎麼樣，真引人入勝。」

「不過寫這種專欄要寫得好，否則就沒有讀者。」編姐說道。

「無論寫什麼樣的專欄都要寫得好，」我說：「勿要把讀者當阿木林。」

她繼續讀畫報。

「我們怎麼找姚晶的女兒？」

「找人盯住馬東生，他總會去探望親生骨肉。」

「賬單會是天文數字，一個月下來，你我都吃不消。」

「可不可以親自出馬？」

「你可以由早上七時開始坐在他家門直到深夜兩時？」

「那怎麼辦？」

「讓事情冷一冷，反正這個秘密已經維持了十多年，不妨再久一點。」

「孩子長得好不好？」這是我所關心的。

「希望長得不像她父親。」編姐笑。

有些很醜的男人娶美婦為妻，但人算不如天算，遺傳因子偏偏作對，生下來的兒女都似父親，這種例子實在見多了。

有人比我們更焦急，那是石奇。

他來找我，問我有那小女孩的消息沒有。

我們搖搖頭，攤攤手，令他失望得不得了。

與我們混熟了，我們也不再把他當英俊小生，隨便他在我們公寓幹什麼，他很喜歡這樣，認為非常自由。

有時候我們還叫他做咖啡，到著名的地方去買蛋糕，他都做得很高興。

而我與編姐兩個人，坐在家中，就是寫寫寫，每人負責一章，把我們的見聞寫下來。

石奇有時候說：「你們真了不起，怎麼會有這麼多東西寫。」

這是職業撰稿人最常聽到的一句評語。

於是我說：「你更了不起呀，生張熟李，只要導演一聲令下，馬上擁抱接吻，七情六慾通統表達出來。」

石奇立刻愕然，默不作聲。

各人有各人的天賦，走江湖跑碼頭，沒有三兩下手勢，那怎麼行。

連一個小小打字員，一坐在崗位上，也能發光發熱，無他，逼上梁山。所以，何必揶揄別人有超人本領，根本人人都有他之一套。

我們寫完最後一章，把圖片都整理好，無所事事，在家中發呆。

數一數日子，姚晶去世至今，已經有三個月。

那日早上我們兩人與石奇找地方去吃豆漿油條，一出門，燈光閃，立刻被人拍下照片，石奇手快，立刻扭住那個記者，那是一個女孩子，直頭髮，小個子，穿着中山裝，揹一隻大布袋，沒經化妝的面色不大好。

「把底片拆出來！」石奇手段非常熟練，像經過多次實習。

只見他把那女孩的手臂一扭，那隻相機就摔下來，他用另一隻手接住，一推一拉，底片便如一條黑色的蛇般，掉在地上。

那女孩子雪雪呼痛，大聲叫：「我把這些也寫出來，你與兩個女人同居了！」我與編姐目瞪口呆。

沒想到我們正打算去釘別人，人家倒來釘我們，螳螂捕蟬，黃雀在後。

石奇畢竟是石奇，只見他使完硬的，便使軟的，他把那女孩子擁在懷中，「看看看，我們仍是老友，來，我請你吃咖啡，剛才是我兩個阿姨，她們可不愛出風頭，有什麼話，我同你說。」

他也不由分說，拉開車門，便把女記者塞進車子，一溜煙的把她哄撮着去了。

我與編姐相視而笑。

這小子真有一手，待他到三十歲，那簡直成為人精，還有什麼不懂，還有什麼做不出？

上天是公平的，似楊壽林，老子供他讀到博士，他除出他那一科，就什麼都不懂，人情世故，生活的細節，統統不曉得，就他那種性格，如果要在社會上獨立奮鬥，那真是要他的命。

石奇這人深諳「適者生存」這四個字，多年來的進化使他無往而不利。

編姐說：「這孩子前途未可限量。」

我說：「難怪他不肯同王玉泡在一起。」

編姐詫異，「是為他自己麼？」

「你以為是為姚晶？」我反問。

「我情願認為他是為着姚晶。」

「你太浪漫了。」我說。

「來，吃豆漿去。」

在小上海舖子裏吃豆腐漿與粢飯，別有風味。

編姐同我說，這爿店的老闆，不知見過多少大明星，訓練班的學生沒有能力到大酒店吃早餐，又不能空着肚子到片場，多數花十來元在這裏解決。

十餘年前吃這行飯的年輕人，多數來自北方，吃起家鄉小點，特別香甜。

編姐說：像某某跟某某，簡直是看着他們起來的。清晨，睡眼矇矓，拖着小女朋友到這裏來吃東西。

後來……後來人紅了，錢賺多了，身邊女友也換了，見到記者，仍然很客氣，不過希望大家不要談他微時之事，忽然之間，一點味道也沒有了。

編姐說：「現在這班當紅的角色我也不大認得，廣東人佔大多數，也不來這種地方。」

我問：「姚晶有沒有來過？」大概聲線略為高一點，店裏顧客又不是太多，那些老夥計便說：「怎麼沒有來過，姚晶是不是？最近過身的那一位是不是？」

我與編姐沒想到有這樣的意外收穫。

編姐問：「同誰來？」

「十多年前的事了，同她母親來，那時她剛進電影公司拍戲，她媽還送票子給我們看戲。喏，就住在對門，借人家一個房間。」我點點頭。

「後來就紅了，仍然很客氣，不過漸漸就不來了，後來搬了家，仍叫女傭人來買豆漿，用司機開的車子來買，問她要，照樣送票子照片，很有人情味。」

我們聆聽着。

「真可惜，正當紅，忽然過了身。」

我正把油條浸在豆漿中。

這時有一位女客說：「來一客鍋貼。」

老夥計立刻說：「這位太太，同姚晶最熟。」

我們立刻把頭轉過去，一眼就把她認出來。

她們做戲的人始終是兩樣的，即使老了憔悴了走着下坡，衣着也不再光鮮，名字不再閃爍在霓虹燈管上，但仍然是兩樣的。

皮膚還那麼白膩，眼神仍舊不安份，嘴角依舊似笑非笑，有特別的風情。

編姐立刻稱呼她：「劉小姐。」

單身的女人都是小姐，錯不了。劉霞比姚晶還早出道，今年怕四十好幾了，如今演眾人母親居多，不介意角色，生活得並不壞，對觀眾來說，絕對是熟面孔。

她對我們笑笑，點着一支煙，吸起來。

她穿着很普通的洋裝，肩上搭件外套，天氣並不冷，不過她們慣於有件衣裳搭在某處，增加流動美，空的衣袖一晃一晃，代表過去之甜酸苦辣——她們不是沒內容的。

劉霞看着店外的微雨。

清晨，為着省電費，故此沒有開空氣調節，玻璃店門是開着的，倍添小鎮情調。

劉霞忽然說：「真正的美人，當然是姚晶。」

「對。」編姐說：「看來看去，還是數她最好看。」

「那旁的人簡直無法比，」劉霞說：「心地又好，肯接濟人，有求必應。」

「劉小姐同她是好朋友？」我問。

「她婚後咱們也不太來往，張家管頭又管腳，不喜歡她有我們這樣的朋友。」劉霞噴出一口煙。

我們倆索性坐到她桌子上去。

「兩位是記者吧，」劉霞笑問：「面孔很熟，見過多次，沒有正式介紹過。」

我們連忙把卡片遞上。我向編姐使一個眼色，暗示她開門見山。

「劉小姐，你有沒見過姚晶身邊，有一個小女孩？」編姐問得很技巧。

劉霞答得也很好：「那小孩，並不姓姚。」

「是不是她也不姓馬？」編姐問。

「並不姓馬。」劉霞說：「馬氏前妻已生有幾個女孩子，並不稀罕她姓不姓馬。」

這一問一答都妙得叫局外人如墮五里雲霧，不過我是聽得明白的。

「但到底是親骨肉。」我不服。

「瞿家太太是馬氏的親妹子，對孩子很好。」

「什麼家？」

「瞿家。」

「劉小姐怎麼知道？」我把身子向前傾一下。

得來全不費功夫。

「早一輩的人全知道，」劉霞又緩一口氣，「不過我們那一代嘴巴略緊點，不是德行特別好，而是己所不欲，勿施於人，誰沒有一兩段故事？誰又比誰更臭？既然姚晶要把這件事當作她的秘密，咱們就陪她傻。」

真真正正沒想到這裏揀着一個最知情的人。

編姐問：「張煦不知這件事吧？」

劉霞說：「後來自然知道了。」

「後到什麼程度？」

「到張老太太派人來調查姚晶的身世。」

我憤怒：「真無聊！」

劉霞說，「說得好。當時我便同姚晶說：『妹子，不嫁這人有什麼損失？』」

「這種老太婆最陰毒，她自己逼不得已從一而終，巴不得人人陪她生葬。」

我忍無可忍加一句：「吃人的禮教。」

劉霞哈哈大笑起來，「這位小妹妹真有意思。但又不見禮教要吃我，也許太老了，它吃不動。」真幽默。

說得也對。

說來說去是姚晶性格的弱點導致她的悲劇。

劉霞在這個時候看看錶，「噯，我得走了，答應帶外孫去公園玩耍。」

我與編姐哪裏肯放她。

正在這時，一個高大英俊的男子闖進來，叫一聲「霞姨」。

是石奇。

他把記者打發走，轉頭來這裏接我們。

劉霞見是他，搭訕地扯扯外套，「哦，是小石奇。」又坐下來，看着我們，「都是認識的嗎？」

石奇指指我，「霞姨，這是我的新女朋友。」

「啐！」我馬上否認，「你聽他這張嘴，什麼話說得出來就說。」

石奇笑。

劉霞也笑，「人生如台戲，何必太認真。」

我很喜歡劉霞，她完全是那種葫蘆廟中翻過觔斗的人，豁達不羈，瀟灑活潑，跟姚晶剛相反。

「來來來，一齊上我家去坐着談。」

我們跟着上她家，小小地方，佈置得很整潔，養着一隻粉紅色的鸚鵡，會得說哈囉。

「幹麼跟着我？」她問：「想自我嘴裏挖出什麼來？」

石奇說：「霞姨最適宜演秋瑾，對於秘密，她守口如瓶，絕不招供。」

劉霞女士得意的笑。

我看到桌面子放着劇本，有她的對白，用紅筆劃着，態度還是認真的，一個人站得住腳自有其理由。

我轉頭問：「外孫女兒呢？怎麼不見？」

石奇轟然笑出來，「霞姨最會説笑，她哪兒來的外孫女，她連女兒都沒有。」

霞姨也不覺尷尬，順手在石奇肩膊上拍一下。

是的，恐怕連她自己都糊塗了，大部份的人生在攝影棚度過，扮演的角色有子有孫，久而久之，變為生活一部份，分不出真假。

劉霞並不認為順手拈來的話題是説謊。

這只是輕微的職業病。就像文人，説什麼都誇張，不然文章淡而無味，如何吸引讀者？也不算是大話。

我很了解霞姨，也同情她，做人，黑白太過分明是不行的。似她這般遊戲人間，才可以長命百歲。

我們在霞姨家坐了一會兒才走。

石奇說：「這，是一個好人。」

我們不否認。

「有一段時期她很潦倒，姚晶每月派人送零用去，因為姚第一部片子，便是與她演母女倆。」

石奇面孔上又籠罩着一層憂鬱。

我說：「姚的女兒姓瞿。」

石奇說：「人海茫茫，到什麼地方去找她？」

「你去磨她，也許她會說。」

「不會的。」石奇彷彿很了解人性。

我又問：「姚為何不把錢留給霞姨？」

石奇笑，「你沒聽我把故事說完，姚每月派人送錢給霞姨，霞姨又每個月原封不動打回頭，始終不受一分一毫，她天生傲骨。」

原來如此。

原來要把錢送出去也這麼難，誰也不要領這個薄情。

沒有比姚晶更寂寞的女人了。

這寂寞是否咎由自取？她原本可以做一個平凡的家庭主婦，過着簡樸而熱鬧的生活，豐富而幸福。有些女人可以得到家中每一成員的支持：父母幫她帶孩子，公婆照顧起居，丈夫給家用，弟妹為她跑腿打雜，於是她可以坐麻將枱了。

為什麼同情姚晶，一切都是她自己的錯誤。我解嘲地想，好比我自己，三年前就該嫁給楊壽林了，可是為着堅持原則，蹉跎這一份好人家。

糊塗點，做人只需要糊塗點。

回到公寓，我提起勇氣，連絡楊壽林。

我也沒裝很高興。電話接通，我只是問：「好嗎？有什麼新事？」

楊壽林也很冷淡，「老樣子，忙得不得了，跑來跑去。你還在查人家的身世？」

我又問：「我們怎麼樣？是不是完了？請清心直說，希望別像本市前途問題那樣狼狽，給個明確的答案，好讓我早作打算。」

他一大陣沉默。

「不要緊，我不想拖。」

「我只想大家冷靜一段日子。大家性格都這麼強……」他接着說了一大篇動聽的空話，把我們之間的利害關係分析得一清二楚。

我歎口氣。

壽頭真是理論專家，無論什麼事，他都能剖析分解，這就是我叫他壽頭的原因，因此他不知錯過多少美麗的事物，我情願要一個聽見我要走會抱着我膝頭哭的男朋友。

我問：「冷靜到什麼時候呢？」聲音已經很疲倦。

「你什麼時候打算修心養性，我們再說。」他把球又派司給我。

他跟張煦有什麼不同？「你要我放棄自我麼？」

「一點點，總要有點犧牲，你不能夠婚後仍然同男明星泡在一間公寓內喝啤酒或是寫稿至深夜，完全不理會配偶的尊嚴。」

我不出聲。

「我愛你，但是我不能縱容你。」

「我想一想。」我放下話筒。

編姐在一旁笑問：「完了？」

「十之八九是完了。」我說。

「不肯改邪歸正。」

「十年後再說吧。」我苦笑。

「十年後未必有這樣的機會。」

「然而這樣的機會要用我十年的青春去換，寧可放棄。」

「你想清楚了？」

「我們還是想想如何尋找瞿小姐吧。」

馬東生先生仍然不在本市，馬宅的傭人非常機伶，無論我們託什麼人打過去，她都說「不在」。

「去紐約找張煦。」我說。

「我沒有錢。」編姐說。

「住我家裏。帶幾百元已經夠用。」

「你家在什麼地方？」

「史丹頓島，標準家庭與花園雜誌模式。」

「那麼貴的飛機票，到那麼悶的地方去，真划不來。」

「真的不肯？那麼我自己去。順便探望家人。」

「好，我鎮守此地。」

我要往張家尋找線索。

「去到那麼遠，是否值得？張煦這個人這麼驕傲，又不愛說話，你當心碰釘子，你只要看馬東生先生便知道，不是每個人都愛說話，像做藝術的人那樣。」

「對，為什麼從事藝術工作的人都有說不完的話？」

「因為無聊。」

「正經點。」

「真的，你幾時見過專業人士或商人對任何事都誇誇其談？人家多多少少有點業務上的秘密。」

「因為我們的性格比較不羈。」

「你的意思是十三點。」

我說：「至少姚晶是例外。」

「所以她痛苦。」編姐提醒我。

「我要到航空公司去看看來回機票什麼價錢。」

「充什麼大頭鬼，到旅行社買包機票吧，便宜得多。」

半夜，發生一件事，令我覺得自己仍然是被愛的，不禁雀躍。

是楊壽林，他在半夜與我通電話。

「有一個叫張煦的來了，你知不知道？」

他？他來做什麼？我剛要去找他呢。

「你怎麼知道？」

「我爹明天請他吃飯，你來不來？」

我怎麼給忘了？楊伯伯原是張家的朋友。

「我見你為了這件事走火入魔，所以索性助你早日飛昇，這次也許可以在他身上找到蛛絲馬跡。」

「壽林！」我太感動了。

壽林仍然冷冷的，「這不表示我贊同你的所作所為。」

「壽林，請告訴我，在什麼地方什麼時間。」

「明天晚上八點，瑪歌。」

「是是是。」我心花怒收。

「你且慢高興，張煦帶着他女朋友來。」

「什麼？」我如被冰水照頭淋下。

「所以說你，事事如同身受，這同你又有什麼關係？」

「那女的是什麼人？」

「是他的長期女友，一個芭蕾舞孃。」

哦是她，我亦聽過。

但是姚晶過世才那麼短短一段日子。

「明天依時赴約吧，別想那麼多。」

我一夜不寐，兩隻手枕在頭下，想起很多事。由此可知壽頭還是關心我。能夠有這樣一個男友，也夠幸福的。男人的通病是翻臉不認人，所以長情的男人特別可愛。

有一個朋友，始終懷念他的原因，亦是因為這個優點，他不但紀念前妻，前妻所生的孩子，連前任岳母、小姨子、小舅子都善待得不得了。吃飯碰見前妻的親戚，馬上站起來招呼，這一點真令人心服。

看情形壽林也是這樣的人。

即使離婚還可以做朋友的男人，就是這種人，他會對他的女人負責。

沒結婚就想到離婚後的日子，真虧我這麼遠大的目光。

好不容易捱到第二天晚上，我拉着編姐一同赴宴。

這就是做女人的好處了，多一個獨身女客，誰會介意？但換個男人去試試，白眼就叫你吃飽。

到這種場合，我是穿戴得很整齊的。

楊伯伯的枱子黑壓壓坐滿了人，連我們共十個。我的座位剛好對牢張煦。

楊伯伯給我們介紹，張煦似對我沒有印象，坐在他左邊的是他母親，這位老太太也來了，六七十歲的人看上去只五十出頭模樣，頭髮挽在腦後，打橫別一隻鑽石髮簪。

真服了張老太太年紀這麼大，還這麼孜孜不倦的打扮，當年的風華尚可以捕捉，尤其是皮膚的顏色，至今還可以給甲減。

她只微微給我一個眼色，算是招呼過了。

坐張煦右邊的是他女友，是個很洋派很美的女郎，華裔，但肯定已不會說中文，非常年輕而且有氣質，小巧面孔，長長脖子，正是芭蕾舞孃的特色。

張煦的態度仍然一樣，高貴而矜持，冷冷的叫人無法捉摸。

這個樣子吃頓飯，叫我怎麼開口打聽消息？

晚飯時間誰也沒提起私事，話題盡在市面局勢上繞，各有各的意見。

壽林坐我旁邊，一貫地服侍我，問暖噓寒，旁人說什麼也看不出咱們之中有裂痕，含蓄得這樣，就是虛偽。

好不容易捱完一頓飯，我趁散席那一刹那走到張煦那頭去。

我要求與他談談。

「還記得我嗎？」我問。

他點點頭：「你是徐小姐。」

「張先生，我已把姚小姐的遺產成立一個基金，照顧女童院的女孩子。」

他面孔上什麼也沒露出來，彷彿一切已成過去，仍然只是微微頷首，看樣子他是不會同我正面接觸有關姚晶的問題。

「姚小姐本人亦有個女兒，你知道嗎？」

張煦一怔，但他掩飾得很好，也沒有對我表示反感，他說：「過去的事，不要提它。來，下星期裘琳表演的節目，你一定要來看。」

原來此行是為着陪那女孩子到本市表演。

只在這一點點工夫裏，裘琳已經注意到男友在同旁的異性說話，她立刻過來叫張煦幫她披上外套。

我再沒有辦法，只得退下陣來。那邊張老太太正與壽林客套着：「快些成家立室也是好的，你爹只得你一個，抱孫子要緊。」

髻中插鑽石簪的老太還掛住孫子，中國人的香燈觀念太過牢不可破。

我睨壽林一眼，壽林歎口氣說：「來，我送你們回去。」

張老太斜斜看着我，目光並不十分贊許。我心想：去呀，在楊伯伯面前說我壞話呀。因為老認為她逼使姚晶婚姻失敗，所以對她沒好感。

楊伯伯與陪客還有話要說，壽林先送我們。

編姐在車中向我吐吐舌頭，「有那麼厲害的婆婆，什麼樣的好丈夫都補償不了。」

我說：「嫁人的時候，眼睛睜得要大，不幸碰到一把聲音可以退賊的伯母，那還是抱獨身主義算了，誰說婚姻是兩個人的事？」

「無聲狗才咬死人。」編姐說。

楊壽林啼笑皆非，「你們兩個做新聞做得上了身，這跟你們有啥子關係？張伯母這麼高貴漂亮。」

編姐憤憤不平，「是，但是她的高貴是把人踏在腳下得來的，這有什麼稀奇。」

「小姐們小姐們，我不想加入戰團。」他大叫。
「今天謝謝你，壽林。」我說。
他看我一眼，不出聲。
「有空再叫我出來。」我低聲說。
他沒有回答。
車子到後，他送我們到門口，說聲再見便離去。
「楊壽林真是個好人。」
「悶。」
「那麼嫁石奇，你敢嗎？」編姐瞪我一眼。
「你問到什麼？」
「我根本沒有開口的機會，你呢？」
我搖搖頭，惆悵的說：「人們已經忘記姚晶了。」
「誰說不是，任你天大的新聞，過一百日也不復為人記得，人真是奇怪的動物。」

「不行，我還是得從張煦口中套出消息來。」

「算了，別死心不息，他們倆又沒孩子，姚晶一去，兩人的關係便告終止。」

難怪女人們要生孩子，人死留名，雁過留聲，孩子身上有她的血液，就算報了仇了，怎麼甩都甩不掉，男人再狠心薄情也莫奈何，是以晚娘要刻薄前頭人的兒女！不得了，我發現的真理越來越多。

編姐說：「我們原班人被約好去看芭蕾舞，你知道嗎？」

那個裘琳自是女主角嗎？當然不可能，洋人組的班底，她充其量是個龍套，如果演天鵝湖，她是其中一隻鳥，如果演吉賽爾，那麼就是其中一隻鬼。饒是這樣，還亂派票子，由此可知，這種表演動輒滿座，不是沒有道理的。

「我不要去，我不會得欣賞，足尖舞對我來說，不過是一種雜技。」

編姐啼笑皆非。「難怪張老太太說你不羈。」

「她說什麼？」我揚起一條眼眉毛。

「她說愛吃韃靼牛排的女人都不羈。」

「哈！」我用手扠住腰。
「她喜歡控制別人，你發覺沒有？」
「不要去說她了，這個老巫婆，現在你應該明白為什麼姚晶永遠不肯去紐約。」
「也難怪她要把錢給你了，她身邊沒有一個值得的人。」
「有，劉霞。」我說：「她是個好人。」
「劉霞不肯受。」
「我又有什麼值得？」我問道。
「你幫過她。」
「那也算？」我苦笑。
「對一個寂寞的人來說，一點點力量她都會記在心頭。」
我低下頭，想了很久，終於問：「看芭蕾舞，穿什麼衣服？」
「窄窄的春天麻布大衣，白手套，捏一隻皮手袋，穿半跟鞋。」
我說我沒有那樣的行頭，「不去了。」

「我只有一套見客的衣裳，今天已經穿過，再也不能穿。」編姐很狡獪，「你代我推了吧。」

也只好如此。

我對於古典音樂及舞蹈一竅不通，這是我的盲點茫點，是以非常自卑，不過壽林說過，假使我願意穿得很得體，耐心地坐三個小時，誰也看不出我是個門外漢。

我很感慨。

剛與壽林走的時候，也裝過淑女，頭微微仰起，帶一個含蓄的微笑，一個晚上不說三句話，時常陪他聽音樂觀劇，後來悶出鳥來，漸漸逃避，找到諸般藉口，以便在家躺着看武俠小說，自由散漫不起勁的本性露出來，一發不可收拾。

這是我與壽林最難克服的一關：性格上之不協調，他是小布爾喬亞，我是小波希米亞。

很久很久沒有來音樂廳了。

可以想像姚晶初見張煦，也有一股新鮮之感覺，她認為投入新生活如投入新角色，一下子就習慣，可以嘗試不同層面階級的生活方式。因她忘記演戲是有休息的，燈光一熄收工去也，而做人，天天不停的做，又缺個名導指揮她該怎麼做，一下子亂了陣腳，她失敗了。

如果決定跟壽林，我也會遭受到同樣的痛苦。

——非得好好的做個家庭主婦，養下兩子一女或更多，把屋子收拾得乾乾淨淨，指揮傭人司機……也不是不好的，只是我的小說呢，小說還沒開始寫呢。就這樣放棄？也許可以成名，也許可以獲獎，太不甘心了。

壽林問：「在想什麼？魂魄似在一萬公里外。」

我勉強笑，「哦是，對不起。」

「藝術家的劣點你是俱全了，藝術家的天份你卻沒有。」他嘲笑我。

我想一想：「我有藝術家的氣質。」

「是，魂不守舍。」

婚後這類玩笑話會不會無法接受？日子久了總會刺耳。

張老太太是夜打扮得真漂亮。老女人佩戴翡翠及珍珠特別好看，她坐在那裏，莊嚴如女皇，身邊親友都變為她的隨從。偏偏姚晶本身亦是個皇后，電影皇后。兩婆媳之間摩擦的火花可想而知。

我問壽林，「這是《胡桃夾子》吧。」幸虧來來去去只這幾齣劇目。

「裘琳演的是誰？」

壽林說：「噓。」

人人的脖子像僵了似的，全神貫注看着台上。這就是修養及教養了。

我理想的生活不是這樣的，我始終希望跟國家地理協會的海洋生物學家坐帆船到加勒比海研究當地罕見的水母，一邊寫航海日誌，皮膚曬成全棕，眼睛染上陽光的閃爍，在星夜喝冧酒，躺在甲板上做溫柔濡濕的夢。

那麼為什麼不致力去追求這種生活呢。

因為得為老年時的我作打算呀，少壯不努力，老大怎麼會有歸宿？不得不趁少年時抓住楊壽林……

「鼓掌。」壽林輕輕說。

我用兩隻戴着白手套的手啪啪啪鼓起掌來。一邊不耐煩地在座位中蠕動，坐出繭來了。

好不容易捱到中段休息，他們紛紛去洗手間，我見張煦沒動，我也按兵。

他開頭翻閱場刊，後來，就凝視落了幕的舞台。

我直截了當的問：「你們將結婚？」

「是。」

「你母親喜歡她？」我一貫的不客氣。

「是。」

「你會娶令堂喜歡的女人？」我說。

「是。」

「為什麼？」問得再無禮沒有。

「因為她大權在握。」答案卻非常簡單。

我很震驚，「但張先生，你本身是一個專業人士，你不必靠她。」

「是嗎，」張煦的眼光仍留在台上，「試叫你男朋友離開家庭，出來找事做。」

我死心不息，「總有辦法的。」

「我在三年內都試過了。」他很平靜的說：「並沒有找到任何通路，最後才決定恢復原來的身份。」

「一直不知她心臟有病？」

「不。」

「那已是過去的一頁，你不願再記憶？」

「是的，徐小姐，如果你可以給我一個機會，我會感激你不提起此事。」

我低下頭，我也知道自己實在是很過火。

「謝謝你。」

但是我很難過，我已難過得不能像無事人般坐下去，我離開音樂廳，也沒有跟壽林說一聲，轉身就走。太不理智，我竟讓感情操縱了舉止。

甫走到門口，已有射燈向我照過來。

我抬頭，是一輛扁扁的跑車，裏面坐着石奇。

他的車子滑過來。

「上來吧。」

「誰告訴你我在這裏?」

「梁小姐。」

「有什麼新發展?」我問。

「如果我同王玉結婚,你會不會原諒我?」

「不會,我會恨死你一輩子。」

他大笑,隨即又收斂笑容,面孔忽而悲,忽而喜,叫觀者震驚。

「王玉要結婚了。」

「新郎不是你?」

「當然不是。」他深深失落。

我很明白。他不愛她,但他以為她愛他,她會為他憔悴一生,現在她獲得新生,他便為自己不值,失去終身奴隸並不是小事情。

「對方條件比你好得多吧?」我很了解。

「自然,」他嘲弄地說:「三藩市唐人街所有餐館的蔬菜,由他家的農場供給。」

王玉會得種菜嗎？我很納罕，有些女人的伸縮力大得不能置信。

不過無論如何，她的目的已經達到，石奇終於把她當作一回事，並為她傷懷。所以，為着報一箭之仇，令敵人氣餒，切記要活下去，活得更好。

「真沒想到會這麼快……」石奇說。

「你應當為她慶幸獲得新生，這叫做天無絕人之路。」

「她會快樂嗎？」石奇很不服氣，俊美的五官扭曲着。

「有什麼損失？反正她同你在一起也不快樂。」

石奇完全洩氣。

「放過她吧，她是個可憐的腳色，在感情上你存心餓死她，此刻她在別處找到半缽冷飯，你讓她吃下去吧。」

石奇抬起頭來，「你說話真是傳神。」

「是的，這是我唯一的本事。」我微笑。

「你男朋友就是愛你這一點？」

「不，他痛恨我這一點。」

我這樣不告而別，壽林並沒有來追查。

編姐說：「跟以前不同了哇。」

以前追到天腳底來解釋，不過是為着芝蔴綠豆的瑣事，一天不見面也不行。

「是我不好，我應當控制我的感情。」

「王玉要結婚了。」

「是，剛剛有人通知我，要告別影壇呢，今天晚上招待記者吃飯。」我感喟，「離開後可就不要再回來，好歹咬着牙關過，冷暖自知。」

「我想王玉會得明白，吃過石奇的苦，若再不懂得，那也太蠢了。」

「聽說對方在唐人街很吃得開，她倒是有辦法。」

「噯，她們都是打不死的李逵，很有一手。你我就不同，也許就得在這公寓坐到老了，講性格呀，不肯讓男人，同他們據理力爭，你瞧這代價。」編姐笑。

我們互相又嘲弄一番，什麼你的背脊骨看到男人會不會一節節散掉，你在三十歲生日過後還能不能嘟起嘴唇發嗲，你肯不肯冒煮飯洗衣之險前往唐人街等等。

終於覺得自己比王玉更無聊，既然那麼不屑，還提來作甚，由此可知，心中還是略有不平，可能還有一絲妒忌？

我說：「去看看王玉。」

「你當心壽林說你降格。」

「不理他了。」我悶悶不樂。

「穿得那麼漂亮，來，同你去亮亮相。」

王玉在潮州飯店請客，開了好幾瓶高級拔蘭地，杯盤狼藉，已接近席終。

王玉人逢喜事三分爽，很是高興，見到我們她立刻迎上來。她很漂亮，穿一件絲旗袍，年輕美好的身形在薄薄料子下全部表露出來，怪不得館子的侍役在百忙中猶自騰出一雙眼睛來偷看她。

她忙着張羅，特別叫小菜再招侍我們。

因為別人又回到麻將桌子上，她索性過來陪我們說話。

「什麼時候過去？」

「下星期。」

「這麼快？」

「很厭倦，反正手頭上也有點錢，嫁了算數。」

「不再恨石奇？」我的心直口快簡直練到家了。

「他是誰？」王玉給我拋過來一個甜蜜的笑容。

編姐說：「那很好，那太好了。」

反正他不值得她記住。

「你也不打算再威逼他？」我問。

「把所有東西都當着他一把火燒掉，免得還給他，他將來用來威脅我。」

嘩，三十年風水輪流轉，誰還敢小覷女人，此刻王玉身價百倍，她脫了苦海，修成正果。

真羨慕她。沒有什麼事令人困惑如一段不如意的感情，拿不起放不下，蛀蝕心靈，使呼吸不得暢順，僅好過生癌一點點。此刻王玉復原，真替她高興。

她陪我們吃了一碗蠔仔粥。

「我一直以為你們不喜歡我，」她笑說：「因為你們站在姚晶那一邊。」

編姐說：「小姐，我們都是成年人，是非倒還辨得清，事情哪裏就只分黑白兩黨那麼簡單？忠就忠，奸就奸？那倒好。可惜天下每一件事至少有兩面呢。」

「我是好人還是壞人？」她忽然問。

「有些事情上是好人，有些事上是壞人，每個人都一樣。」王玉放心了，呼出一口氣，胸脯起伏，端的十分迷人。

王玉問：「你們同姚晶那麼熟，倒說一說，她漂亮還是我漂亮？」

我放下匙羹，「是完全不同的兩回事。」

她解嘲的說：「那還不就等於說我不如她。」

「也不是，」我說：「你有你的好處。」

「那他為什麼不愛我？」王玉坦率得很。

「他當然愛過你，不然怎麼同你一起住那麼久？」

「後來呢？」王玉問我。

「後來？後來他認為得不到的是最好的。」我說得很幽默。

王玉並不笨，她大眼睛眨了眨，「但姚晶確是有韻味的女人，」她低下頭，「而我，我太粗糙。」

我說：「你有青春。」

「她也有過青春，我老了之後，未必有她那股味道。」王玉還是耿耿於懷。

「她已經去世。」

「但她得到那麼多。」王玉怎麼都不肯放過姚晶。

「她付出更多，不是你可以想像的。」我說：「而且你還活着，大有作為。」

她用手托着頭，仍然不甘心。這女子的毛髮極濃，眉睫與鬢腳都美，唇上的寒毛細細密密，尤其性感。

她有她的好處，自然，何止一點點。

我說：「你就要開始新生活，請忘記這裏的一切。」

她忽然輕輕哼起歌來，那是改編自《卡門》的一首舊歌中之一句：「男人，不過是一件消遣的東西，有什麼了不起！」唱完之後很寂寥地笑。

過很久很久，在隔桌摔牌聲中，她又哼：「什麼叫癡，什麼叫迷，簡直是男的女的在做戲……」

然後她站起來，旗袍角一揚，到別處去招呼客人去了。

編姐順着那調子不能自已，問我：「那時是什麼人填的詞？那麼好。」

「如果你開始懷舊，那就證明你已經老了。」我說：「我們走吧。」

王玉坐在一個男人身後，在叮囑：「打九筒，打嘛。」

那男人迷迷糊糊，幾乎把一顆心掏出來打出去。

我看得樂透。美麗的女人往往有九命。

編姐說：「我們要走了，保重。」

「謝謝你們來。」她站起來送客。

我也說：「祝福。」

「你們還在找姚晶的女兒？」

「你能幫我們？」編姐連忙問。

「我只知道她名字。」

我有心要試王玉，「姓什麼？」

「瞿，瞿馬利。」

王玉沒有説謊。

「她住在什麼地方？」

「她今年十八歲。我不知她住在什麼地方，但是不難找到她呀，為什麼那麼久你還沒有她的訊息？」

我啼笑皆非，「你倒是會説風涼話。」

她訕笑，「咦，你們讀書人有時倒是很蠢的，那女孩子是名校女生，你想想，本市有幾間名校？又有多少人姓瞿？」

我「呀」地一聲，立刻握住編姐的手臂，我們腦筋太不靈光。

真的，本市有幾間學校？

我們立刻開始這項地氈式搜索。

別以為是簡單的事，校方多數不願透露學生私人資料，並且懷疑我們的身份。

幾經艱苦，四處託熟人，我們才查遍了本地數十間名校。

沒有瞿馬利。

兩星期後，我們開始追查次一等的學校，已經有點氣餒。

直覺上我們認為瞿馬利冰雪聰明，容貌秀麗，學業優秀，故此不似唸普通中學的人。

這項工程那麼瑣碎，做得我與編姐筋疲力盡。

在這當兒，王玉已經順利嫁到美利堅合眾國去，這裏少了一顆閃亮的明星。石奇真正開始寂寞，他生命中兩個比較重要的女性都離他而去，沒有靈魂的他，雙眼中為此添增一層深度。

石奇時常伏在桌子上，下巴枕住雙臂沉思，同時也聽說他身邊的女孩子換了一個又一個。

壽林大方的打過電話來，稱我們為「女坐家」——「兩位女坐家坐在家中作些什麼文章？」

越是客氣越顯得這段感情沒有希望。

而張煦早已隨着他母親及新愛人返回老家。

只有我與編姐小梁，像兩個獃瓜似的，仍為這件過氣的事心煩。

我們沒有收穫。

連少數國際學校都找遍，但仍然不見瞿馬利小姐。

編姐咕噥，「又不能此刻放手，但我快要見底，一文不名。」

我難道又沒有同等樣的煩惱？

編姐忽然問：「……姚晶的錢？」

「不！」

「現在是你的錢了。」

「這筆錢每一分每一毫都要用到女童院去。」

「這並不是她的本意，她原來是把錢交給你的。」

我很震驚，「我知道人窮會志短，但是你是讀書人，怎麼會動這種歪腦筋？」

「讀書人又如何？有馬賽普斯特肚子就不餓了？衣食足而後知榮辱，你知道嗎？」

「你還沒有到那個地步呀。」我說。

編姐說：「也差不多矣。」

難怪無論什麼樣的報章雜誌的空白都有人去填滿，大抵都是為着肚子。生活是大前提，為着生活，榮辱不計。

我說：「到山窮水盡之時，我們再作打算。」

編姐透露心聲：「楊壽林叫我復工。」

我說：「你回去吧，你不比我，你在工作崗位上很有表現，辭工是可惜點。」

「你不怪我？」

「我怎麼會怪你？」

「壽林不原諒我。」

這話越說越奇。

「他說我不該陪你瘋，如果我甩了這件事，也許你孤掌難鳴，從此罷休，便恢復正常。」編姐說。

我聽了這話一則以憂一則以喜，憂的是壽林至今還根本不了解我性格，喜的是從頭到尾，他還沒有放棄我。

我說：「你想想，咱們做新聞，無論性質軟硬，一直處於被動狀態，發生什麼，寫什麼，像是事主拿着匙羹餵我們，所以我一定要把這件事查個水落石出。」

「查誰是兇手？查姚晶的死因？」

「眾人皆知她死於心臟病。不，我要知道的是，她因何寂寞至斯。」

「你已經追得七七八八。」

「我還要尋找最後答案。」我說：「你不必陪我。」

「佐子，你固執如牛。」

「是嗎？」

「我得搬回家去了。」

「請把筆記及照片留下來。」

「你看你，像在做一篇論文似的緊張專注。」

假使是論文，這篇文章的題目比起「十八世紀英國人對於詩人勃朗寧的看法」之類要有意義得多。

「你真的要把它寫成一本書？」

「我不知道。」充份的資料並不能使一本小說成為好看的小說，所謂「小說」，根本是一種筆記，性感散漫，要追究小說中的真實性，是很愚蠢的一件事，那種古板的人根本不配看小說，只宜讀科學報道。

「你可能會因此失去楊壽林。」

我自尊心很強，「你是指楊壽林可能會失去我。」

「嘴巴太硬了，為一本只有很微機會寫成的作品而失去他？」

我笑，「你也知道我不是為了這個。你回去上班吧，別以為你欠我什麼。」

「找到瞿馬利的時候通知我。」

我說：「我該不該把她的身世告訴這女孩子？」

「廿世紀末期，誰還會有謎般的身世，事無不可告人者，恐怕她早已知道。」編姐說。

「別煞風景。」我說。

既然知道，為什麼不在葬禮上出現？

編姐忽然說：「你這麼想念姚晶，要不要找一個靈媒來試一試？」

我打個寒顫，「不！」

「不信？」

「不是。」

「不想知道更多？」

我忽然反問：「問什麼？」

「問到什麼地方去找瞿馬利。」

「她會告訴我們？」

「據說可以。」

「我不問。」

做這種事的人，要不愚昧迷信到極點，要不就智慧超乎常人，勘破生死，我不包括在兩者之間，沒有這個勇氣。

「不敢就算了。」

「夫子說的，敬鬼神而遠之。」

「那麼正氣的一個人，」編姐嘲笑，「做給誰看呢。」

「自己看。」

「孤芳自賞過頭，當心像姚晶。」

「姚晶就是太重視別人想什麼。」

「假使你去召她，她一定來。」編姐說。

「不要再說了。」我用雙手抹抹疲倦的面孔。

編姐到廚房去做咖啡。

我躺在沙發上看編姐做的筆記，寫得實在好，尤其是細節方面，詳盡而生動。報道忠實，但可讀性又這麼高的文字畢竟不多。

我說：「你應當在這方面多多發展，免得糟蹋天才。」

她不出聲。

我誇張地稱讚她：「每一段都是一篇短篇小說。」

編姐把咖啡遞給我：「小姐，一篇短篇小說只可以在一種情形之下成其為短篇小說，那就是，當你提起筆來努力地把它寫成一個短篇小說的時候。」

編姐說：「你閣下手上拿的是筆記，再像短篇小說，也不過得個像字，鏡花水月，別瞎捧人不負責任，活脫脫江湖客。」

我漲紅面孔，「可以發展成小説嘛。」

「你去發展吧，別乾巴巴坐在那裏嘖嘖稱奇，那麼容易的事，肥水不要落到別人田裏去。」

「説説也不可以？」我訕訕的。

「當然可以，不但可以説，下次有機會，還能做小説評選專家。教你一個秘訣：此刻誰人最受歡迎，你就選個新人出來，説他寫得比那個最受歡迎的人好。為什麼？發洩呀，你不如他，不要緊，你沒有天才，但你有的是慧眼，你知道誰會得勝過前人。」

「喂喂喂，」我跳起來，「我是你的擁護者呀。」

「沒有誠意與亂講亂吹的擁護者同沒有誠意與亂講亂吹的批評者一樣可惡。」

「太難了。」

「是的，要一個人有誠意，太難了。」

我沒好氣，「你什麼時候去復工？」

「下星期。」

門鈴在這時候，震天價響起來。

我說：「這準是石奇，大明星不同凡響。」

門一開，果然是他。

有什麼是意外的呢？太陽底下無新事，什麼樣的人做什麼樣的事。

遠在我們沒有同石奇交往之前，便曉得他今日的所作所為，不需要鐵板神算來施展他的才華，一切盡在意料之中。

但今日他氣色陰晴不定。一交坐在沙發上，一疊聲叫我們取出酒來。

「什麼事？」我問。

他沉吟着，開不了口。

這上下他已把我們當姐姐，無論什麼都同我們說，更重要的，關於男女之間，聽了使人臉紅的事都說過，此刻又為什麼吞吞吐吐，並且看他樣子，彷彿是受了驚嚇來着，這個膽生毛的傢伙，有誰敢嚇唬他？

石奇呷兩口加冰威士忌，開口說：「我剛才，去找扶乩的人來着。」

我與編姐作聲不得，沒想到他先去了。

我倆靜靜坐在他面前，聽他透露更多。

他說下去，「本來我不相信，光天白日之下，一個老婦，說得出什麼來？」

「後來呢？」我戰慄的問。

「我說我要問瞿馬利的下落。」

「怎麼樣？」

「她的手在灰上寫字——」

「什麼字？」

「『大學』。」

「什麼？」

「大學。」

「我不懂。」

石奇跌足，「怎麼不懂，她是叫我們到大學去找瞿馬利，我們一直在中學找，難怪一無所獲！」

我但覺渾身的毛孔一下子張開豎立，起雞皮疙瘩。

那邊廂編姐嚷：「唉呀。」一言驚醒夢中人。

「怎麼可能？」我毛骨悚然，「怎麼會有人知道我們在中學裏找瞿馬利呢？」

「姚晶知道。」石奇用手掩住面孔。

我竭力恢復正常，「不准胡說八道，還有什麼消息？」

「她說她沒有話說。」

我鎮靜下來，「這就是了，以後不許你去那種地方。」

石奇面色奇差，倒臥在地氈上，「我思念她。」

這四個原始簡單的字是那麼盪氣迴腸，還需要什麼解釋。

「你已經有過很多新女伴。」

「那是不一樣。」

「事情總會過去，石奇。」

「我似乎不能忘記，」他扯着頭髮，「為什麼為什麼為什麼？我要求她幫我忘記。」

我身不由主的問：「她怎麼説？」

「她什麼都沒説。」

「不要再追問，」我説：「石奇，不要再追問。」

他忽然抱住我，頭枕在我肩膀上，似一個孩子般嗚咽起來。

看着他這麼傷心，真令我蒼老。

楊壽林見到此情此景，又不知會想到什麼地方去。

我拍着石奇的背部，有節奏，不徐不疾，輕重一致，上古至今，母親們便以這個方法來安慰嬰兒。

「我要忘記她，我必須忘記她。」石奇痛苦的說。

已經是黃昏了，窗外漸漸落起雨來。

編姐自房內出來，啪一記開了燈。

她說：「找到了。」

「找到誰？」我問道。

「瞿馬利，」她説：「在大學唸英國文學，功課非常好的一年生，並且有很多男生追求她。」

石奇抬起頭來，「原來真的在大學，那個老婦竟那麼靈驗。」他狂熱的說：「我要去見她！」

我不服氣的說：「找遍中學不見，我何嘗不打算去大學找。」

「胡說，你打算放棄才真。」石奇跟我爭。

編姐說：「喂喂喂，別吵別吵，我們明天去接她放學。」

「我也去。」石奇固執的說道。

編姐說：「不准你去，你的樣子嚇死人。」

「對，無論如何，不准你去。」

石奇說：「我坐車上，不露臉也不可以？」

我不去理他，問編姐：「你是哪兒來的消息？」

「大學裏我有人在註冊部工作，一說出名字，立刻有反應，由此可見她是個不平凡的女孩子。」

這才是我擔心的。不平凡，一切煩惱便來自與眾不同。

明天一見便知分曉。

「慢着，先練一下台辭，看見她又該說什麼？」

「你訪問過那麼多人，難道都得準備了劇本才上場？」

「大家都是成年人無所謂，誰還會吃了虧去不行？但這是一個純潔的小孩子，我真不知如何開口。」

編姐與石奇都默然。

過半晌我問：「能不能放過這小孩？說，我們不去騷擾她？」

石奇說：「不，我非得見她不可。」

「你不覺殘忍？」我反問：「她顯然過得很好，人長得漂亮，功課又上等，無端端去破壞她日常的生活節奏，太過份了，為採訪新聞而喪失天良，是否值得？」

「對一個專業記者來說，為採訪而喪失生命的人也多着，不過如果你只為滿足好奇心，那未免太自私一點。」石奇看着我狡獪的說。

我漲紅面孔。好奇心？我倘若有這種好奇心，叫我變為一隻小白兔。

我不由得惱怒起來。

「既然一定要見她，還是把愧意收起來吧。」編姐說。

第二天我與編姐約好石奇在門口等，故意失約，我們其實不想有一張那麼顯著的面孔跟在身後張揚。

到大學還很早，我們兩個似吸血殭屍甫見日光，幾乎化為一堆灰燼，晨曦使我們難以睜開雙目，什麼美麗的早晨，小鳥與花朵都歌頌的早上，都不再屬於我們這種夜鬼。

我揉揉酸澀的眼皮，問編姐：「再叫你讀四年書你吃不吃得消？」

「別開玩笑。」

「讓你回到十八歲你要不要？」

「捱足半輩子才捱過那該死以及一無所有的青春期，又再叫我回去？我情願生癌。雖然現在我不算富足，但至少楊總經理在等候我回到新文日報去。」

有三兩少年經過我們的身邊，笑着拍打對方的身子，似乎很樂的樣子，也許每個人的青春是不一樣的，我們不要太悲觀才好。

走進校務署，查清楚瞿馬利在什麼地方上課，我們到課室門口去等。

我看看腕錶，上午十時整，這一節課不知要上到什麼時候。

我坐在石階上，與編姐背對背靠着坐。

「緊張嗎？」她問我。

「有一點。」我仍然在陽光下瞇着眼。

「這應是最後一個環節了吧？」

「這只是有稽可查的最後一環。」

「不過差十年，你看這些學生的精力。」編姐羨慕地說。

「有什麼稀奇，你也年輕過，那時候力氣全花在不值得的地方，愛不應愛的人，做不該做的事，那時候又沒有人請你寫五百元一千字的稿。」

「誰告訴你我拿那種稿酬？」編姐揚起一條眉毛。

「楊壽林。」

「是的，熬出來了。」編姐點點頭。

「在這方面我是很看得開的：青春，你也有過，但這班年輕人到這種年紀，未必有你今日的成就，他們為什麼不調轉頭來羡慕你？一個人不能得隴望蜀，希望既有這個又有那個。拿你的成就去換他們的青春，你肯定不願意，那就不必呻吟。」

「嘩，聽聽這論調。」編姐搖頭。

「大小姐，五百元一千字才厲害呢。」我笑。

「你彷彿很輕鬆。」

「是的，我有種感覺，一切都快告一段落。」

「我沒有你這麼樂觀，你憑什麼這樣想？」

話說到此地，課室門一開，一大群學生湧出來。

我與編姐不得不站起來認人。

也不是個個大學生都神采飛揚的，大多數可替面疱治療素做廣告，要不就需要強力補劑調理那青綠色的面孔。

編姐皺起眉頭，這間大學的水準同她就讀時的水準是大不相同了。

我拉住其中一個年輕人：「請問瞿馬利在哪裏？」

那猥瑣的年輕男人立刻很警惕的注視我：「你是誰？」

「我是她阿姨，家裏有要事找她。」

「不關我事。」他掉頭不顧而去。

我玩笑地問編姐：「她幹麼？搞政治學運搞出事來，怕我抓他？」

編姐瞪我一眼，「別亂扣帽子。」

「兩位找瞿馬利？」

「是。」我轉過頭來。

這個才像大學生，英偉，朝氣十足，彬彬有禮，熱誠。他約莫二十一二年紀。

「瞿馬利在圖書館。」

「可以帶我們去嗎？」

「我有課要趕，很容易找，向右一直走，在主要大樓。」

「來，我們自己去。」我說。

不遠也需要走十分鐘，這個時候就希望有一輛腳踏車，那時候讀書，我也有一輛腳踏車……回憶總是溫馨的，雖然是發生在自己身上的事，因為年期久遠，也像事不關己。

那時有一個女同學，什麼都是借回來的，書簿筆記、制服用具，不到一個月便搭上洋小子接送她上學放學，那時只覺得她討厭，老跟在旁人身邊揀便宜，至今才發覺這是一種本事，年紀大了往往能夠欣賞到別人的優點，即使價值觀不同，但這種女孩子無異有她的能耐，身為女人應當如此，否則怎麼樣，房子汽車鑽石都自己買才算能幹不成。

編姐問：「你在想什麼？」

我微笑：「在想女人的命是這麼的多姿采。」

我們推開圖書館的玻璃門，裏面坐滿學生。

誰是瞿馬利？

我們逐張長枱找過去，略見面目姣好的女孩便問：「瞿馬利？」

心情越來越沉着，終於在一張近窗的桌子前，我們看見一個穿雪白衣服的女孩子的背影。那件白襯衫白得透明，窄窄的肩膀，烏黑的長髮用一條絲束住。

「是她了。」

「又是直覺。」

我趨向前說：「瞿馬利。」

她轉過頭來。

我驚歎造物主的神奇。因為那女孩子，長得與姚晶一模一樣，如一隻模子裏倒出來的，若要認人，根本不必驗血，這樣的面孔，若還不能算是姚晶的女兒，那是誰呢。

「瞿小姐。」我坐在她對面。

「是哪一位？」她很奇怪，「我不認識你。」

連聲音都一模一樣。啊，那熟悉的，如絲一樣的皮膚，晶瑩的黑眼睛，尖下巴，嘴角像是含孕着傾訴不盡的故事，我的目光緊留在她臉上不放。

她是一個很懂事很有涵養的女孩子，見到我們神情唐突，並沒有不耐煩，亦沒有大驚小怪，她微笑，等待我們解釋。

我開口：「我是……你母親的朋友，我姓徐。」

「啊，原來是徐阿姨。」她很客氣。

徐阿姨，啊不得不由人慨歎，不知不覺間，我的身份已經升了一級。

我說：「圖書館可不方便說話，或許我們換個地方？」

女孩再好涵養，也不得不疑惑起來，她秀麗的面孔上打着問號。

我真不知道怎麼說下去才好，怎麼辦呢，難道開口就說：不，不是你家中的母親，是你另外一個母親……

我幾次三番張口，又合攏，嘴唇像有千斤重似的。

在這個時候，天空忽然烏雲聚集，把適才的陽光遮得一絲不透，天驟然暗下來。

這倒救了我，瞿馬利抬頭看天色，給我透口氣的機會。

等到我準備開口的時候，我發覺馬利背後已經站着一個男人。

我愕然。這人是什麼時候進來的？怎麼這樣神不知鬼不覺？他有紫薑色面皮，頭髮稀疏，身材頗為瘦小，佝僂着背部，這個人是我在什麼地方見過的。

啊，想起來了，他是馬東生，我們踏破鐵鞋要找的人。

這時瞿馬利也轉過頭喚一聲「爹爹」。

她是知道的，這孩子是知道的。她雖然姓瞿，但她知道她生父是馬東生。

只聽得馬東生很安詳的說：「馬利，這兩位阿姨要採訪你呢。」

瞿馬利很天真的問：「徐阿姨是辦報紙的？」

「我與梁阿姨是記者。」我連忙說。

「訪問我什麼？」馬利很天真。

編姐到這個時候喉嚨才解凍，「當然是有關一個大學女生的資料。」

馬利鬆一口氣，「剛才兩位阿姨的神情，令我吃驚，還以為發生什麼大事。」

她說着先笑了，半仰起頭，室內雖然幽黯，但是她的皮膚藉着些微的亮光，還是閃出晶瑩的光輝，臉皮是緊繃着的，沒有多餘的一顆斑點，也沒有不受歡迎的紋路。她的嘴唇飽滿潤滑，珊瑚般顏色，半透明。還有她的頭髮，那麼隨便的髮式，毫不經意挽在腦後，但每一根都似發出青春的彈力，漆黑光亮，充滿生命力。她托着下巴的手纖細嫩滑，手指如春筍，指甲修得很整齊，顏色粉紅。

啊，這個不使脂粉污顏色的少年美女令我自慚形穢。

試問坐三望四的女性日間起床要在臉上搽多少東西才敢出門？真令人欷歔。

我正在失神，忽聽到馬東生說：「馬利，等會兒一塊午餐吧，我先與這兩位阿姨出去談談。」

馬利很乖巧的點點頭。

馬東生同我們說道：「徐小姐、梁小姐。」示意我們跟他出去。

這時天落下滂沱大雨。

我們在圖書館外走廊站着。大雨落在地下飛濺上來，一片水花。

馬東生凝視着廊外煙雨，很沉着的問：「你們要什麼？」

編姐囁嚅地說：「馬先生……」大家都覺得慚愧。

馬東生歎口氣，「人已經去了，何必深究？」

我說：「我們……也不是亂寫的人。」

「這我知道，我也已經打聽過。」馬東生說。

我發覺他是一個很精密的人。

編姐說：「馬利是一個美麗的女孩子。」

馬東生苦澀的面孔一鬆，露出一絲溫情，「是的，她多麼可愛，她是我生活中之光輝。」

「她為什麼被送往瞿家？」

「還不是安娟的主意，分手後她一定要這麼做，為的是要掩人耳目。」馬東生說道。

他的雙手在背後相握，瘦小的背影承受着某一程度的痛苦。他是愛姚晶的，但再深切的溺愛也滿足不了她的需要，她要的到底是什麼？

或許我更應當問自己，我需要的又是什麼？人的需求慾望為什麼那麼複雜？

我問：「馬利知道她母親是姚晶嗎？」

「她當然知道。」

「你已告訴她麼？」我很訝異。

「有些事情是應該說的，有些則不該說。你們既然已經找了來，等下一塊兒去吃頓飯，你可以觀察更多。」

我忽然問：「你認識趙安娟的時候，她如馬利這般大？」

馬東生點點頭，「剛剛是十八歲半。」

那一剎間他沉湎在回憶中，表情閃爍過七情六慾，悲歡離合。

原來姚晶在她的天地中，一直顛倒眾生，直至她碰到張煦，或是正確地說，張煦的母親，她不吃她那一套，姚晶一敗塗地。

不過也夠了，一個女人能夠征服那麼多男人的心，已經是難能可貴的事。一代不如一代，咱們連男人的一條胳臂也抓不住。

雨一點沒有暫停的意思。

我說：「我沒有帶傘。」

除了這種沒相干的話，誰也不知說什麼才好。

「我去接馬利出來。」馬東生說。

瞿馬利長得很高，但是沒有一般高女脖子長腰長的陋弊，她似乎集人間精華於一身。

馬家的司機撐着大大的黑洋傘來接我們上來。

馬東生很有他一套，他不炫耀，但是他懂得享受。

車子把我們載到私家會所，他長期有一張桌子在那裏。我們坐下，侍者來不及的慇懃招待，可見他是一個消費得起的客人。

馬利很愉快地介紹我們吃新鮮蛤蜊，「味道很好，肉質沒有蠔那麼呆。」這麼小就懂得美食之道。

她再選了煙三文魚及沙拉，很明顯地不愛吃熟食，不知張老太太看見會不會說她不羈，也許她有浪漫的潛質。

馬東生一切遷就這個女兒。對女兒是可以這樣的，對妻子則不可，是以馬東生失去姚晶。

馬利並未把我們當作外人，與她生父絮絮話家常。

她的話題範圍很廣，少女心態既可愛又活潑，雖然牽涉的題材很瑣碎，但我們不介意細聽，她的聲音似音樂般，幼稚又何妨。

「媽媽還是要我出去，」這媽媽當然不是姚晶，「但是我想來想去，也沒有什麼是愛去的，劍橋也許，但是我那乙加的功課，唉。我不要去美國，也不打算學法文。勞倫斯也不想我現在走。」這勞倫斯想必是她的小男朋友，「我想了很久，有時覺得留在本市也不是辦法，日久變成井蛙，徐阿姨，你說是不是？」

那種嬌嗲不是做作出來的，如嬰兒般純真。姚晶的這顆種子落在不同的土壤及生長環境中，形態與性格都不一樣，但是一朵玫瑰，無論你叫她什麼，她還是一朵玫瑰。

我問：「勞倫斯是否一個短頭髮英俊的男生，今日穿白衣白褲？」

「是的，是他。」馬利問：「你怎麼知道？」

馬東生在一邊笑，「你忘了徐阿姨幹的是哪一行？」

馬利拍拍手，「是記者。」

我把這一對金童玉女的外表與內在量度一下，但覺妙得不得了，全配得絕頂。

「他是你男朋友？」我問。

馬利皺起小鼻子，嗡着聲音說：「類似，我還沒有作實。」

我看看編姐，意思是說：你瞧年輕多好，這麼多選擇，像你我，有人肯同咱們結婚，還再拒絕的話，簡直是自作孽，不可活。

「勞倫斯要到兩年後才考碩士。」馬利說：「但是爹爹，兩年後我已經廿歲了。」

嘩，廿歲，對她們來說，廿一歲也已經活夠了，像我與編姐，三十左右的女人，面孔上如鑿着一個「完」字，不是老妖精是什麼？

我與編姐面面相覷。

對馬利來說，連三十歲都是不存在的，更不用說是上一代的恩怨了，她沒有時間去愛也沒有時間去恨，她活在自來的幸福中，不必兼顧別人的錯誤。

我與編姐都不是不幸的人，但比起馬利這一代，也就顯得憂慮重重。

吃完主菜，馬利叫了一大客冰淇淋，水晶碟子上嫣紅姹紫，好比她的青春，她連着新鮮草莓與奶油一齊遞進嘴裏，我與編姐呆呆的看着，苦笑。

我們哪敢這樣吃，還想穿略為緊身的衣服不穿。

我們太息了。

等到馬利取起細麻布擦嘴的時候，我們覺得她已經跟我們相當熟稔了，趁着馬東生到隔壁桌子打招呼小坐時，我與馬利閒閒帶起這一筆。

我說：「有兩個母親其實也是一種福氣。」

馬利捧着薄薄的雕花玻璃杯。「我媽媽待我特別好。」

「你見生母的機會多嗎?」我問。

「真正小的時候是見得比較多,唸預科開始便少之又少,她提出來的時間全不是週末,我抽不出空,我放假的時候她又要工作。」

「可想念她?」我說。

馬利抬頭想了一想,「並不。」她又說:「她在盛年去世確是不幸,我覺得她既高貴又美麗,有時在電視上可以看到她的演出。」

馬利對姚晶的感情,不會比普通一個影迷更熱。

她自己也覺察得到,是以略帶歉意的說:「我不是她帶大的,我見爹爹比較多些。」

「你一直都知道?」

「嗯。」她點點頭,「自小就知道,但我老覺得我更像養父母的親生女兒,你要不要見見他們?明天來吃晚飯好嗎?」

「發喪的時候,你為什麼沒有出現?」

「爹爹說一切不過是儀式——」

有人接下去，「——既然安娟一直不想公開馬利，」是馬東生回來了，「我決定尊重她的意思。」

我對馬東生越發敬佩。他愛人真是愛到底，不難理解當年姚晶在困苦中於他蔭庇下可以獲得安息。

此刻我再也不覺得馬東生是一個糟老頭子，外形有什麼重要？尤其是一個男人的外形。當年的姚晶實是一個膚淺任性的女人，恃着美麗的外表而虧欠馬東生。

只聽得編姐緩緩的說：「在那個時候，女人的感情生活的確還沒有那麼開放。」

馬東生淡淡的答：「目前也好不了多少，照樣有人兒子都會走路了，仍然訛說沒結婚無密友，永遠只有一個比較談得來的女朋友在美國唸書之類。」他停一停，「我是很原諒安娟的，她要事業，便得付出代價。」

「你不惱她？」

「怎麼會，」他只帶一點點苦澀，「她已經給我這麼多。」

多麼偉大正直的男人。

「緣份雖然只有三年，一千多個日子，但是馬利是我生命中的光輝。」他又重複女兒在他心目中的地位。

馬利靠在她父親的肩膀上。

還用說什麼呢？

等到姚晶發覺她需要他們，已經太遲，他們已經習慣生活中沒有她。

他伸手召來侍者簽單子，要送我們回去。

馬利問：「明天來吃飯，啊？」

我看看馬東生，他沒有表示反對，事實我也想到瞿家走一趟，於是我說：「明天你介紹勞倫斯給我認識。」

小女孩子見有人尊重她的男朋友，比什麼都高興，當下便把地址告訴我們。

我問馬東生，「不反對我們同馬利來往吧？」

「當然不，我是個很開通的人。」

我連忙讚美他：「這個我們早已知道。馬先生，前些時候不斷騷擾你，真是抱歉。」

他微笑。

雨已停止，植物上掛滿水珠，馬利伸手搖搖枝椏，也似落下陣急雨。

司機把他們兩父女接走，我們則安步當車。

我問編姐是不是不夠刺激。

「可以說是意料中事，現代人的感情……是這個樣子的了，誰還會心肝肉的狂態大露。」

我點點頭。「你希不希望有瞿馬利那樣子的女兒？我好喜歡她。」

「你的女兒將由你的細胞繁殖而成，怎麼會像瞿馬利。」她停一停，說道：「像你也不錯哇。」

我說：「馬利較為理智，她多麼會思想，多麼懂得選擇。」

「他們這一代是比較現實，我們那時又不同，越是不實際越是浪漫，同自己開玩笑。」

可不是。無端端買部歐洲跑車，一下雨就漏水，整部車子似水塘，大雨天開出去，趁紅燈停下來用毛巾吸水，打開車門絞乾毛巾再吸……整件事還可以當笑話來講。多麼大的浪費，懵然不覺，現在？啥人同你白相，一部車子不切實際，一二三推落海算數。

只差十年。那時還講究從一而終。

跟情不投意不合的男人分手都分三年才成功，這不是開玩笑是什麼，一個人有多少三年？這一代的年青人真正有福，社會風氣轉得這樣開放活潑，彈性大得多，選擇也廣泛。我深深的妒忌了。

編姐說：「……不要說我不提醒你。」

「什麼？」我沒聽到。

「壽頭同別人在約會。」

「女人？」

「當然是女人。」

愚蠢的我完全沒有料到有這一招，心中頓時倒翻五味架一樣，酸甜苦辣鹹全部湧上來，眼前忽然金星亂舞，耳朵嗡嗡作響，我閉上雙目深呼吸。

我強笑道：「你不該把是非做人情。」

編姐看我一眼，「本來做朋友不應多管閒事，但你我交情不比泛泛，這一陣子我在你家吃喝睡，有事發生我就不該明哲保身。有些人自以為清高，聲明不管任何閒事，那是不對的，每一個人，每一宗事，都應分開來說，以你這件事來說，第一：你應當警覺。第二：沒有什麼了不起。」

我眼睛發澀，緊緊握住她的手。

「要哭了？是你自己的選擇，活該，有什麼好怨的？他也以為你在同石奇這等人混。」

「要不要解釋一下？」我清清喉嚨。

「如果你在乎，去抱住他的腿哭吧，否則就這樣靜靜過去、沉寂，有何不可？是你先冷落他。」

我喃喃說：「我生命中之兩年零八個月。」

她拍拍我脊背。

本想回到公寓好好悲秋，把整件事揪出來，當一個病人般細驗，看看還有救沒有，病菌蔓延在什麼地方，該落什麼藥之類。

但是石奇這小子躺在我們門口，打橫睡着在剝花生米。

編姐一見之下，大驚失色。

「大明星，你不要這樣子好不好？」

石奇笑嘻嘻地用花生殼扔我們，「想摔掉我？那麼容易？」令人笑不是惱不是。

「猢猻。」編姐咬牙罵他。

他一個鯉魚打挺自地上躍起，抱住編姐，吻她的面頰，跟着兩手垂過膝，盪來盪去，把下唇遮住上唇，躍來躍去，嘴裏發出「伊伊」叫聲，活脱脱一隻黑猩猩模樣。

我的天，我笑到腰都直不起來，苦中作樂。

編姐沒命的拍打他，他打橫抱住她的腰。

編姐叫：「再不停手，我叫非禮，把你抓到派出所去。」

石奇終於「適可」而止。

我用鎖匙開門。怕只怕到了派出所，石奇的影迷反告編姐非禮，他那邊人多勢眾。

我有點落寞，石奇這個聰明的小子趨向前來討我歡喜，「怎麼，把我丟在一角，兩人玩了回來，還不高興？」

我強笑，「什麼玩？我們可不是去玩。」

「見到瞿馬利沒有？」他狂熱，「看你們滿足的樣子，必然是找到了，對不對？」

我點點頭。

「她長得可美？」

「美，美得不能形容，是我們見過的少女中最美的一個。」我說。

石奇側側頭，「你們是真心還是諷刺？好看的女孩子，你們倆可見過不少，不准胡說。」

「不相信拉倒。」

「帶我去見她。」

「不可能，人家好好的大學生，快考試了，還要出國深造，你別擾亂人家的生活。」

打奇冷笑一聲，「始終看不起戲子是不是？平時無論多麼開放，一到緊要關頭，讀書人生意人都是人，做戲的人就好比街邊賣藝的猢猻，我不配認識她是不是？你們同張煦一家有什麼不同？」

編姐分辯，「我不是那個意思——」

但石奇已經被傷害了，他鐵青着面孔，雙目閃着晶瑩而憤怒的光，我真怕他從此把我們的交情一筆勾銷。

我沒想到他的自卑感那麼深。我搶着說：「石奇，你以什麼身份去見人家呢？你是一個浪蕩子，又是她母親的情人，我們怕她受不了這種刺激。你又想到什麼地方去了？臉皮這麼厚，就不配同我們做朋友。」唏，我還安慰他，我自己也等人來安慰我呢。

他轉過面孔，看他肩膊，已經鬆下來平放，可能已原諒我倆。

編姐得理不饒人，「瞎纏！幹麼非見她不可？想在她身上找到她母親的影子？同你說，她不像姚晶，她是個時代少女，價值觀全不同。」

「至少讓我見她一面，我答應你坐在一角不出聲就是。」

我仍不信他，因為他有一雙會得説話的眼睛。

我看編姐一眼，我説：「這不關我事，石奇，你去求她。」我呶呶嘴。

石奇也不響，蹲到編姐足下，頭靠着她的膝頭，不發一言。這是他的殺手鐧，毫無疑問，當年他就是靠這個樣子打動姚晶的吧，女人都吃這一套。

雖然大家都覺得他肉麻，但是如送花一樣，真送起來，天天一束玫瑰，效果還真的偉大，叫女人抵受不住。

「好了好了，」編姐說：「我們明天去瞿家吃飯，你打扮斯文一點，帶你去也罷。」

石奇欣喜地離去，在情在理，我們都沒有理由對付不了這個小子，他一走我們就清醒，但是他蹲在門角落時，我們就糊裏糊塗，什麼都答應他。事後卻又後悔答應過，他這就是魅力。我們至深夜還沒有休息。

她寫稿，我抽煙。

「叫什麼回目？」

「回目將來再想。」她埋頭苦寫。此刻我們所寫成的手稿，恐怕有十來萬字，但文字非常鬆散，每一節都有可觀的情節，不過不能連貫在一起。這十萬字可以充作新派劇本，一場一場跳過去，靠攝影與演技補足，但作為一本小說，因單靠白紙黑字，就欠可讀性，還得經過嚴謹的整理。

最慘的是，據有經驗的人說：文字不行，別以為改了之後會變好，越改越不妥，越改越死，終於丟到字紙簍去。

如何處置這十萬字，真令人傷腦筋，寫了當然希望發表，拿到什麼地方去登？是否可以把原稿影印送到各報館編輯那裏去？我們怎知道哪個是當權的編輯？抑或索性交給新文報的楊伯伯？這麼厚疊疊的稿子，他有沒有察看？看樣子還得託壽林。

想到託壽林，心都實了，他此刻不再屬於我，我如何再叫他為我服務？想到一段緣份就此無端端散掉，好不傷感。咎由自取，誰都不同情我。

我拿一隻墊子壓着面孔。

編姐說：「終於傷心了，是嗎，出去爭取呀，怕還來得及，不必為一點點自尊而招致無法彌補的損失。在金錢與愛情之前賣弄自尊，是最愚蠢的事。」

我不出聲。

「心如炸開來一般是不是？」編姐笑問。一副過來人之姿勢，無所不曉。

「不寫了？」我顧左右：「把我們見瞿馬利之過程全部紀錄下來了？有沒有遺漏小節。」

「沒有，一點也沒有，我把馬東生的皮鞋款式都寫下來。」

「他穿什麼皮鞋？」

「一雙纖塵不染的黑色縛帶皮鞋。」

很適合他。他就是這麼一個高貴沉實的人。

編姐打着呵欠，收拾桌子上的文具，打算結束這一天。

「睡覺沒有？」她問。

我問她：「我是否應該找一份工作？」

「早就應該，在年輕時，不務正業叫瀟灑，年老之後，沒有工作便是潦倒，佐子，你很快要三十歲了。」

「我可以嫁人。」

她不答我。

我自己都頹喪的說：「大概嫁了人更加要做。」

編姐笑畢回房間去。

我在床上翻騰了一夜，第二天喉嚨痛。

清晨，編姐來推我，「醒醒，張律師找你。」

我自夢中驚醒，一時間不知身在何處，睜大眼睛，發了一會兒呆，才接過電話筒。

「徐小姐，我們還有東西要交給你。」

「還有什麼？」

「姚小姐生前的衣飾，房東通知我們，叫我們去清理，我們商量過，覺得叫你去看看最好，有用，你就留下來，無用的，你負責丟棄。」

我完全醒了，這麼大的責任落在我身上。

「那宅子已租出去，兩個月內要交房子給新房客，一切東西要騰出去裝修。」

「好的，我立刻去。」

我套上牛仔褲。

編姐說：「我也去，姚晶出名的會得穿衣服，我要去開眼界。」

我們到了老宅子，張律師把鎖匙交給我們，他叫我們在十二點之前辦妥此事。

我們找到臥室，傢具已經搬空。在套房中間，連接着浴間，我們找到衣帽間，地方足足有臥室那麼大。

一排一排的衣架子上掛着款式特別得匪夷所思的服裝，色彩淡雅美麗得如童話世界中仙子之裝束，有些是輕紗，有些釘滿珠片，有些鑲羽毛，吹一口氣過去，衣料與裝飾品輕輕碰動，彷彿有靈性似的，以為它們的女主人回來了。

女明星與美服有不可分割的關係，可以在這大堆大蓬的衣服中找到姚晶的影子。

我們一件一件撥着看，有中式有西式，春夏秋冬，外衣裏衣，有些不知是怎麼掛着的，裙子的綾羅綢緞足有七八層，金碧輝煌，搭着的披肩，有些是皮裘，有些是鴕鳥毛，有些是亮片，看得我眼花繚亂，幾乎沒一頭栽倒在地。

編姐拎出一件長裙說：「看！」

唉呀，這是一件肉色的薄紗衣，完全透明，只有在要緊部位釘着米色的長管珠，離遠看去，但見它些微地閃着亮光，性感得不可形容。

姚晶怎麼會穿這樣的衣裳？我衝口而出，「這是我夢想的衣裳，我要它。」

「配這個披肩。」編姐取出一件白貂皮縷空的披肩，一格一格，做得剔透玲瓏。

姚晶的畢生精力就在這裏了。

我們又看到姚晶的鞋架，足足有百多兩百雙鞋子擱在那裏，都抹得乾乾淨淨，什麼質地都有，從九公分高之黑緞鞋到粉紅色球鞋，大多數屬於同一個牌子。鞋子的名貴不在話下，最難得的還是鞋子的潔淨度極高。

再過去便是手袋，晚裝的都有一隻隻盒子裝着。

我們如進入仙宮的小孩子，把盒蓋打開細看，有好幾隻是K金絲織成，我驚歎：「現在我知道姚晶的錢花到什麼地方去了。」

價值連城的，虛無縹緲，根本不實際的東西，用來裝扮她自己，使她看上去猶如一個神仙妃子，更如流星般燦爛，明亮耀目，使人一見難忘，烙在心頭。

我們在她的皮裘中巡迴。

「給誰？」我說：「這些衣物給誰？應該如何處置？」

我們兩人目都為之眩。

「但我們必須在中午之前搬走它們。」

「同馬東生商量，我們家哪裏放得下。」

呵是。馬東生。

大宅的電話線已經切斷。我奔出空洞的屋子，到管理處借，馬東生說他會在三十分鐘趕到。

我坐在更衣室內，對牢鑲滿水銀纓絡的鏡子，彷彿看到姚晶隱隱杳杳地出現，臉帶微笑，嘴角生風，如與我們頷首。

我多麼希望她可以再與我見一面。姚晶，因為我終於了解你明白你，在你去世之後，我觸摸到你生前的一切。

我揀起那件豹皮的大衣，將之放在面孔邊，我最後一次見姚晶，她便穿着這件衣裳，灑脱地，隨便地，不當它是一回事。

他們説，越是穿慣吃慣，有氣派，見過世面的人，越能做到這樣。編姐説：「我早聽一位阿姨説過，皮大衣根本不用冷藏，隨便掛在家中，只要不過份潮濕，廿年、三十年都不會壞。」

我笑一笑，女明星與皮大衣的關係……猶如學生與功課，作者與書籍。

馬東生來了。

他精神非常的緊張，只向我們點點頭，我們領他進去看那彩色繽紛的一屋霓裳。他很震驚，錯愕的程度不在我們之下，他帶來許多巨型空紙箱，我們七手八腳地把那些根本不可能摺疊的衣服，全部摺起放下去。

三個人默默地裝了七八個箱子，馬家的司機亦過來幫忙，兩隻手挽住十多件大衣出去，把他人都遮住了，來回七八次才搬清。

馬東生的神情漸漸鬆弛，額角冒着汗，他忽然溫柔的向我們説：「你看安娟玩物喪志，你瞧瞧這些衣架子。」

衣架全用緞子包紮，多數還吊着乾的花瓣布包。

我深深歎口氣，有什麼用呢，這樣貴族有什麼用呢，生活得無往而不利的人——並不是姚晶類。

我們再向馬東生看去的時候，發覺他在流眼淚。他有多久沒見姚晶了！在她的衣塚中，他回憶到什麼？

我一向尊重他，拍拍他的肩膊，把一方乾淨的手帕遞過去。

他靜靜問：「你們會不會笑一個老男人無故流淚？」

「別開玩笑，馬先生，眼淚還分老嫩？」我說。

編姐白我一眼，像是怪我在這種錯誤的時刻賣弄幽默。

但我那句話效果倒還好，馬先生吁一口氣說：「人不傷心不流淚。」

他是這樣的愛她。不一定要英明神武的小生才可以有資格戀愛，感情面前，人人平等。我們從開頭就覺得馬東生是個最懂得感情的男人。我說：「我在想，這些衣服，或許可以給馬利？」

馬東生點點頭。

他吩咐公司的人開了三輛十四座位車來，才把衣物完全搬走。

「徐小姐，我很感激你。把她的遺物轉交給我，你不會後悔，我會好好保存它們。」

他走了以後，我們也回家。

編姐與我身上都沾了衣帽間香薰的味道，揮之不去，整個經驗如幻如真。

「他會把那些衣裳怎麼樣？」編姐問。

我不加思索的說：「他會回家做一間一模一樣的房間，把這些衣服全部掛上去，然後天天在房間中坐着，回憶他與姚晶共度的日子。」

「他真的會那麼做？」

「絕對會。」我非常肯定。

「他這樣愛她，怎麼還留她不住？」編姐問。

「你父母也愛你，為什麼你還是搬出來住？他不能滿足她，什麼都是假的。」

「你這話說得好不曖昧。」

我苦笑不再回答。

我們在晚上有個很重要的約會。

在赴瞿家途中，編姐猶自說：「其實那些東西都是你的。」

「我穿到什麼地方去？我完全沒有用。」沒有一件樣子是安份守己的，務必要把全人類的目光都勾過來，而且跟着還要歎一句：多麼高雅美麗有品味。

我是個普通人，用不着這類盔甲來裝扮。做人做得這麼觸目突出，成為眾矢之的，多麼危險。

一開始就騎虎難下了，然而我不必擔心這一點，我還沒有資格享受這種痛苦。

我們拐個彎，去接石奇。

他在門外等我們，看見我們後大大鬆口氣。

答應我們穿得最普通，結果還是忍不住要露一手，全身白，加上白球鞋。他那張註過冊的面孔使途人頻頻回頭向他張望。

他靜靜地上車來，縮在後座。黝黑的肌膚使他雙目更加明亮，牙齒更加潔白。

不知他這一次出馬要用天賦的本錢吸引何方神聖。

我們到得比較早，馬利親自來應門，她仍然是女學生家常打扮，輕便秀麗，頭髮束條馬尾巴，穿條緊上身的洒裙，平底鞋。

編姐立刻說：「這身打扮，記不記得？」

我馬上想到舊畫報中看過的，姚晶初入影壇時，最流行的這種裝扮。馬利長得真像她母親，石奇在一邊發呆。

我們為她介紹石奇，馬利對我們很親熱熟絡，對石奇就很普通，她竟沒有把他認出來。

石奇枉費心機了，我百忙中朝他眨眨眼睛。

「爸媽很快下來，我們先到露台坐坐。」馬利招呼我們。

瞿家一看就知道是好家庭，客廳素淨大方，懸着小小的酸枝木鏡框，上面寫着：基督是我家之主，氣氛柔和慈祥，使客人心頭一寬。

露台極大，放幾張舊中國式的籐椅，已經洗刷得紅熟，非常舒服，臀位處鬆凹進去一點，我老實不客氣坐下。

我們三人把石奇撇在客廳。

「徐阿姨，」馬利同我說：「你知道爹爹剛才叫我去看什麼？」她一面孔不可思議的神情。

「我知道，衣裳。」

「噯！他說是我生母留下的，問我喜不喜歡。」

我問：「你可喜歡？」

「咦——」她縮緊鼻子，這個反應使我們大大意外。

「怎麼，有什麼意見？」我大吃一驚。

「那些衣裳都不是人穿的！」馬利說：「穿上彷彿天天置身化妝舞會中，要不就似豪華馬戲班的制服，真奇怪她會有一屋子那樣的衣裳。」我與編姐呆住。

這就是代溝了，相差十多年，我們之熊掌，竟變了馬利的砒霜。這是我們事先做夢都沒想到過的。

「徐阿姨，你有沒有注意，那些衣料如太妃糖紙，紅紅綠綠，窸窸窣窣發脆，全部不能洗。」

馬利說：「衣服怎可以不洗？多髒？是以件件都染有不同的香水味。」

我與編姐看着馬利發獃，百分之一百語塞。

「怎麼，」馬利略略不安，「我說錯了？我做錯了？」

「沒有沒有。」

馬利等我把話說下去，我又詞窮。

不同的環境培育不同的人種，我想姚晶早發現馬利儘管外形跟她長得一樣，性格上卻與她沒有半絲相近，她女兒根本不稀罕她所追求之一切。

所以她不能夠把任何東西交給馬利。

馬利不會接受。

我完全明白了。

我明白她怎麼會把一切交給陌生人。

馬利試探的說：「我不可能用得着那些衣裳，是不是？」

「你很對，」編姐說道：「不要緊，你爹爹會得保存它們。」

馬利聽了如釋負重。

她一轉頭，揚聲說：「爸媽已經下來。」

瞿氏夫婦是一等良民，溫文爾雅，文質彬彬，結褵十載沒有生養，欣然領養馬利，瞿夫人根本是馬利的親姑母。

馬利在養父母家如魚得水，一點遺憾都沒有。

馬利替我們介紹，我們又忙着介紹石奇。

瞿太太很客氣，一直說：「馬利，你不認得這位大明星？天天在電視上都可以看到的。」

馬利禮貌的微笑，但是雙眼中茫然神色證明她根本不知道誰是大明星，認不認得出石奇的身份不要緊，弊在她壓根兒沒發覺石奇有什麼過人之處。

啊石奇碰到尅星，魅力無法施展。我暗暗慶幸，否則這小子不知要搞出多少事來。

石奇身受的錯愕使他活潑閃爍的性格大大遜色，他真的遵守了他的諾言，他只坐在一角，不發一言。

我們剛要坐攏吃飯，門鈴一響，馬利立刻去開門，馬尾巴抖動着，無限嬌嗔。

「是勞倫斯。」馬利歡呼。

這個才是真命天子哪，她挽着他的手臂進來。

一比就比下去了。

勞倫斯與石奇一般的年紀，一般的濃眉大眼，但是人家多了一份書卷氣，一股清秀靦覥拘束的天真，一比就把石奇貶成江湖客，人家的灰色卡其褲沉實美觀，人家較為老土的白襯衫配合身份，石奇這時候看上去像……也就是像個電視明星，隨時上台接過麥克峰就可以張口唱歌。

一個人的時間用在什麼地方是看得見的。

這邊廂勞倫斯與馬利匆匆喝了碗湯就到書房去談心。

瞿太太搖頭，「這孩子，沒禮貌。」

「少女情懷總如詩。」我微笑說。

石奇低頭喝湯，不出聲。

其實他不必難過，影迷還是有的，那種十三四歲，還在唸初中的小女生。上了大學打算攻碩士的馬利自然不是其中一分子，即使有偶像，也是作家畫家類。

我們把清淡美味的菜吃完，傭人端上水果。

馬利才把勞倫斯送走。

她拍拍手過來，淨在碟子上挑草莓吃。

瞿太太笑說：「把她寵壞了，見不得人。」

馬利只是笑。

這個女孩子一臉的幸福滿足像是要滴出來似的。

編姐輕輕說：「誰說世上沒有快樂的人？哪個詩人或哲學家再發牢騷的話，就介紹瞿馬利給他。」

「真漂亮，」我說：「馬利真好看。」

瞿太太說：「哪裏哪裏。」

因為在馬利身上找不到意猶未足的怨懟，她眉梢眼角是開朗的、快樂的。

所以馬利是我們見過最美的女孩子。

飯後我們要告辭，被馬利留住。

她把我們拉到房內，可憐的石奇一整個晚上變為陪伯母談話的配角。

馬利問我們：「那個人是誰？」

我微笑：「你說石奇嗎？」難道終於對他有興趣了？

「好奇怪的一個人，頭髮故意梳幾綹下來，垂在額角上，剪個時髦的式樣，但只具形式，沒有神髓，還有那身白衣白褲，嘩就差一頂水手帽——」她笑得彎下腰去。

我與編姐再一次面面相覷。

我有點氣餒，覺得淒涼，怎麼搞的，現在時代究竟進步到什麼地步了？為什麼我們頗認為新奇美觀的事物，馬利這女孩子會覺得老土與可笑之至？

我們的生活是否太舒適，因循之極，已與時代脫節？

我真得好好投入社會，做一點事才行，否則這樣春花秋月，怎生得老？

我默默然無話可說。

馬利反問：「你不覺他滑稽？」

我連忙說：「別在他面前說。」否則他真會服毒。

馬利微笑：「梁阿姨徐阿姨，你們說，勞倫斯是否比他好得多？」

戀愛中人都是這樣，希望別人讚他的愛人，比聽人讚他自己還高興呢。

我很識相，立刻說：「當然，馬利，勞倫斯很配你。」

她很得意，仰仰精緻的下巴。

馬利運氣好，愛上她應當愛的人，只為這一次，我原諒了月下老人，他終於做了件好事。他所辦的其他個案，慘不忍睹。

我取笑馬利，「真看不得你這麼快樂，照情理說，你應當淒慘地寄人籬下，悲苦地做一個失去母愛的小孩才是。」

馬利笑着聳聳肩。

如果弄得不好，她愛的不是勞倫斯而是石奇，也有得苦頭吃。偏偏她能夠趨吉避凶，不可思議。

我們還有什麼話說呢。

「馬利，我們祝你幸福。」

馬利有信心地笑：「那是一定的。」

編姐說：「好極了，別忘記保持聯絡。」

我們三雙手握在一起，馬利喜歡我們，正如我們喜歡她一樣。

她送我們出客廳。

瞿太太倒是很欣賞石奇，頻頻說：「原來越是大明星，越沒有架子，現在我懂得了。」

我們告辭。

歸途中我與編姐大大的抒發了感歎，包括：「在那樣的青春之下，怎能不低頭」、「馬利這一生大概還沒有傷過心」、「姚晶讓女兒住在瞿家，再正確沒有」、「幸福沒有標準，當事人覺得好就是好」……

石奇沒了聲音。

我轉頭看看他，他正在低目沉思，不知想什麼。

我問他：「悶？」

他不回答。

「老鬧着要見馬利，見過之後，印象如何？」

他「哼」一聲。

我覺得好笑。我說：「跟姚晶是一個模子倒出來的，還不滿意？」

樂。

「有什麼用？根本沒有靈魂，如一個照姚晶外形做的塑膠娃娃。」他悶悶不

我衝口而出，「不！馬利不是那樣的，你不欣賞她就算了。」

他們兩個年輕人都把對方貶得一文不值。

「我永遠不會愛上像她那樣的女孩子。」

「感謝主，你不會。」是我們的答案。

石奇說：「對人太不客氣。」

我們暗暗好笑，他一向被女人寵壞，要風得風，要雨得雨，神仙妃子如姚晶都與他有過一段，這口氣叫他怎麼吞得下。

我說：「別太狂了，將來年老色衰，你才知道。」

「踩我吧，趁興頭裏盡情糟蹋我吧，」他沒好氣，「難道我不會為自己打算？你放心，我不會問你們借。」

石奇早已被證實是個小器鬼。

編姐說：「誰對下半生有把握？你別聽佐子胡謅，她又有什麼萬年的基

業？」

編姐又說：「佐子一向無隔宿之糧，又自鳴風流，不肯坐寫字樓，將來有得苦吃。」

我氣道：「你這個小人，你又比我好多少？」

「我有固定的工作，明天我要回新文報去。」

我冤曲的說：「石奇，我同你聯合起來，趕她下車。」

大家亂笑一陣。

我們在半途把石奇放下。

在他公寓樓下，照規矩有一班小影迷在徘徊恭候，見到偶像的影子，連忙圍上來。

平時石奇未必有這麼好的耐心，但他今夜剛剛慘遭空前的冷落，需要群眾的力量來恢復他的自信及自尊，於是出乎意料之外地和藹可親，一個個替他們簽名，甚至回答問題。

我歎口氣，人是犯賤的，不失去一樣東西，不知道那件東西之可貴，平日還嫌影迷囉唕呢，多要命。
就像寫作人嫌讀者庸俗，活得不耐煩了。
也不是不像我一直覺得與壽林難以交通，以致今日心如刀割。
我忽然抓住駕駛盤。
編姐大驚失色，「你發神經。」
「駛到楊宅去。」
「幹麼？」
「我要去找他。」
「來不及了，說不定等到的是兩個人：他與他的新女友。」
「我不管，我要親眼看到。」
編姐無奈，將車轉彎。
我又羞愧，「不不，還是回家吧。」
「小姐，你怎麼了？」
我又說：「去，去楊宅。」

編姐歎口氣。

車子停在楊宅門口。壽林家住兩層樓的小洋房。自街上可以看到他臥室的窗戶，我們抬頭，他房間可沒亮着燈。這麼晚還沒回家，由此可知他的日常交際生活絲毫不受影響，我不過是個可有可無的人物，他略為我動氣，規勸過幾句，是無可救藥，也就算數。

「叫他呀。」編姐說：「他可以聽得見。」

「他人不在。」

「也許只是不開燈，」她諷嘲的說：「在黑暗中思念你的倩影。」

「算了，明天你上班，說我問候他，我們走吧。」

「怎麼，欲與姚晶比寂寞？」她推開車門，忽然揚聲叫道：「楊壽林出來玩！楊壽林，出來玩！」

我大吃一驚。

她索性下車去按門鈴。

這一帶多麼幽靜，被她一鬧，屋裏頓時騷動起來，我看到楊伯伯、伯母在露台探出頭來，又聽得楊伯母問丈夫，「什麼地方來的小阿飛？」

又有一把聲音說：「爹，我都那麼老了，還有什麼小阿飛朋友？」

「是我們。」編姐叫出來。

「哎呀。」楊氏三口失聲。

壽林來開門給我們，一迎面就喝問我道，「喝醉了是不是？」

我不出聲，傻笑。

編姐同壽林說：「這就是你的不是了，女朋友好好的來看你，你老是沒好聲好氣，人倒不是壞人，吃相難看，怪不得佐子要生氣。」

壽林不響，他穿着家常便服。

在街燈下，我問：「沒有出去？」

壽林瞪我一眼，「出去你還看得到我？」

編姐在一旁指點，「壽林，別像賭氣的孩子。」

我說：「我們走了，你早點休息吧。」

編姐又發言：「你專程來找他，何故又怕難為情？兩人都口不對心。」

有人做旁白，我們兩人之間的氣氛緩和起來。

我由衷感激編姐，有誰肯充當這種默片角色？只有吾友梁編輯。

「進來坐。」壽林說。

「我也跟進來，免得一句話說僵了，兩人又宣佈再見珍重。」

壽林與我對望着，不知什麼滋味。

在書房坐下，壽林又忍不住發話：「公事完畢了？《姚晶的一生》可以脫稿了？」

編姐問：「你為什麼老不饒她？」

「沒有呀，我只不過問候她而已。」

編姐安慰我，「不要緊，他口氣這麼諷刺，表示仍然在乎，要是真對你客氣，那就是陌路人了。」

我點點頭。

幸好壽林並沒有趕編姐走。

我問：「你有女朋友了？」我們像在上演滑稽樓台會。

「你來盤問我?不,我沒有女朋友。」

「怎麼,」編姐問:「那日人家在餐廳吃飯看見的是誰?」

「那是我弟弟的女朋友,自紐約來——喂,我有什麼必要向你們解釋?」

我忽然覺得事情尚有三分希望。

「佐子,」壽林惱怒,「你不能對我呼之來,揮之去,我有沒有其他女人是另外一件事,你不可以把我當一個閒人,專陪你徐小姐在無聊時消遣。」

「她也應有自己的事業,壽林,你該體諒她,多年來她一直陪你進進出出,好不容易有機會追一段有價值的新聞,你就勃然大怒,壽林,也許你認為微不足道的事物,對她來説卻是非常重要,你難道不能用她的目光來衡量這件事?」

我一直點着頭,我巴不得可以向她叩頭。

「算了吧,難道還要佐子重新追求你不行?況且當年追人的明明是你,新文報百多雙眼睛都是目擊證人。」

壽林像是被摑了一巴掌,作不得聲。

「男人不要小器,將來她要為你十月懷胎生孩子的,多麼辛苦。」

壽林仍是喜歡我的，從他眼睛可以看得出來。否則生一打孩子都沒用，人頭落地也沒有分數。

壽林鼓着氣，不發一言。

「怎麼，打算對坐到天明？」編姐瞪着我。

我只得說：「我的氣也太大了一點——」

壽林不接受這種道歉。

我只得再進一步說下去：「不是不後悔——」

他彷彿在聽了。

「——姚晶這樣美這樣出名，然而她愛的人不愛她，愛她的人她又不愛，一點用也沒有，」我自己都覺得這話說得沒頭沒腦，但還是覺得有必要說下去，「壽林，至少我與你是一同發光發熱，我們不要錯過這一段感情。」

編姐怪叫起來，「你饒了我吧，我渾身起雞皮疙瘩，隔夜飯都要嘔出來了，這種不是人講的話，你說來作啥？」

我尷尬的笑，但不知恁地，鼻子一酸，眼淚緩緩流下來，氣氛對白環境完全像上演苦情戲。

壽林雙目亦發紅，他說：「我們都太剛強，現代人以強為榮，寧死不屈，佐子，我很高興你說出心中的話，我明白了。」

我哽咽的說：「當我死的時候，我希望丈夫子女都在我身邊。我希望有人爭我的遺產。我希望我的芝麻綠豆寶石戒指都有孫女兒愛不釋手，號稱是祖母留給她的。我希望孫兒在結婚時與我商量。我希望我與夫家所有人不和，吵不停嘴。我希望做一個幸福的女人，請你幫助我。」

壽林忽然握緊我的手。

不知是愛他還是內心恐懼發作，我之淚水如江河決堤。

在這之前，不要說是壽林，連我自己，都以為自己可以遊戲人間一輩子，哭？這大概是我一生中最最真情流露的一次。

露得多會死的。

壽林與我擁抱。

過很久很久，我倆抬頭，看到梁編輯眼睜睜的看着我們，彷彿不相信有如此纏綿、肉麻的此情此景。

我解嘲的說：「我不打算做現代人了，連生孩子都不能叫痛。我希望能夠坐月子，吃桂圓湯。我不要面子，任你們怎麼看我，認為我老土，我要做一個新潮女性眼中庸俗平凡的女人。」至緊要是實惠，揹着虛名，苦也苦煞脫。

編姐笑說：「但凡在事業上不得意的女人，因為該路不通，都嚷着要返璞歸真。這同女明星沒戲拍時去讀書是一模一樣的情意結。」

也許她說得是對的。

那夜由編姐送我回家。

她說：「同你這麼熟才不怕你厭惡，沒有愛情雖然也可以白頭偕老，但我看你忍功沒有那麼到家，到底你愛不愛壽林，抑或看見姚晶的例子，害怕到嘔，所以才匆匆去抱住他的大腿？」

我不能回答。

除了像瞿馬利這麼年輕的女孩子，誰也不能一是一，二是二地回答這個問題。

我把最後的兩章書留給編姐寫。

她問：「有沒有兩人合著的小說？排名是否照筆劃？」

我覺得沒有事比聯名著書更可笑的了，做藝術，志向要高，名作家單獨出書還來不及，怎麼會把作品送去與人共着一條褲。

於是我說：「用你的名字吧。」

「什麼，你為這本書差點丟掉一頭好婚事……」

「是『差點』。你別再客氣了，你的功勞最大，用你的名字是很應該的，你可以在扉頁提我一下。」

「那我也不客氣了。」

很好，不虛偽就是好。

她開始上班，百忙中還籌備書的封面等。這本書對她來說，比對我重要得多。

我與壽林則在考慮結婚。

父母一聽得我要成家，立刻趕回來。

見到壽林，他們很滿意，在楊伯伯面前把壽林讚得天上有地下無，然後大大糟蹋我一番，把我形容得似吃人之生番，還盼楊家多多管教之類。

我第一次發覺父母這樣滑頭，千穿萬穿，馬屁不穿，這一招又得手。

編姐在一角聽完這一場對白，很是感慨。

她說：「越是古老的手段越有用。你一用女人原始本錢的軟功，壽林就服帖了。」

編姐說：「此刻徐伯母一頂頂高帽子丟過去，楊伯母便馬上迷失方向。你說，靠真本事有什麼用？做死了老闆也不知道。」

我笑說：「別眼紅，趕明兒我教你這套功夫。」

「你媽媽送什麼給你陪嫁？」編姐問。

「我希望是首飾。」我說。

「現鈔好。」

「寶石也保值。」

「兵荒馬亂時賣給誰？」

「戴着漂亮，逃難也值得。我可不要她們老派的，鑲得凸出來那種，我要蒲昔拉蒂。嘩，穿白襯衫配件牛仔褲，梳條馬尾巴，但是戴一副蒲氏的大藍寶鑲鑽白金耳環，你想，多麼夠格。」

編姐微笑道：「姚晶有伴了。」

我寂然，「我要到姚晶處去掃墓。」

「與馬利約着去吧。」

「馬利？你應當知道，她同她生母沒有感情，勉強她反而不美。」

聲音或許略高，母親聽見了，便說：「佐子，我們這次來，在飛機上還碰見張煦呢，就坐我們前一排。」

「母親，你可認識他？」

「在華人團契見過面，我們曉得他，他大約只覺我們面熟，人家可是鼎鼎大名的張公子。」

「他一個人？」

「一個人。」

「張老太太不陪着？女朋友？」

「只一個人。」

我馬上想他為什麼要回來。

只聽得父親問我：「佐子，姚晶到底同你什麼關係？」

「沒有關係，我只見過她兩次。」

「報章上娛樂版所說的，都是真的嗎？」媽媽問道。

「我不知道，我可沒有看過。」

「你自己的事，怎麼不知道？」爸爸問。

自己的事，才不容易下論斷，是人家的事，肯定是黑的錯的髒的，想也不用想。

「壽林看到沒有？壽林介不介意？」媽媽又去討好未來女婿。

我說：「壽林不看中文。」

「胡說，壽林是新文報總經理。」

「壽林不看娛樂版，亦不看副刊，更不理電視節目，壽林是個高貴的人。」

壽林笑說：「我即時宣佈放棄我的貴族身份。」

「看過也忘了，誰會記得隔夜報上的一段新聞？姚晶事件早已沉寂，沒有人記得。」我轉頭問編姐，「最新之新聞是什麼？」

「有人替有人償還百多萬賭債。」

「誰那麼嗜賭？」楊伯母問道。

我又問：「誰是有人？第一個『有人』是男是女？第二個『有人』又是男是女？速速回答，我愛煞了這種遊戲。」

大家都笑了。

活着的人總有藉口找得到笑的資料，這是喜劇片部部賣座的原因。

第二天，我去掃墓。

墳場在市區，抬眼間全是高樓大廈，一點也不見蕭索，與川梭維尼亞之時古拉伯爵出沒之墓地毫無相同之處。

我一向膽大，那時在外國唸書，所租的老房子隔壁就是墳場，清晨大霧墜在膝頭以下的一截空間，看不見雙腳，是人是鬼根本弄不清楚，我也不見得害怕。

我找很久才找到姚晶的墓碑。

我不打算問管理員「喂姚晶在哪裏」。太粗魯。

我買了花。

我記得她喜歡白色的香花。花不香是沒有用的。我買了許多玉簪，包銷整個花檔。芬芳撲鼻。

我把半邊面孔埋在花堆中很久很久。

我希望我還可以打電話給她：「姚晶，出來吃杯咖啡，告訴我你最喜愛之電影，還有，姬斯亞的設計有什麼好處。」

我想念她想得心痛。

有一個溫柔的聲音傳過來：「徐小姐。」

我抬起頭，「馬先生。」

馬東生輕聲說：「你真是安娟的好朋友。」

我說：「不，你才是。」

他必然是天天來的，這個沉寂偉大的男人。

我並不捨得放下這大束香花，把臉在柔軟的花瓣上輕輕晃動，一時間想不出有什麼話對馬東生說。

「聽說徐小姐已把款子全捐給女童院？」他問。

「嗯，那女孩這個月就要動小手術，款子將用來栽培她的一生。」

「謝謝你。」馬東生說：「我想安娟會滿意你的安排。」

我微微頷首。

「我先走一步，我想你有話對她說。」

他走了，瘦小的身形在樹葉掩映間消失。

我想不出有什麼話要同姚晶說，我把花插在石瓶中。

正在太息，有一隻手搭在我的肩膀上。「佐子。」

我嚇一跳，停下神來，認出是石奇的聲音。

他這個人手不停，扯着樹枝，把細枝攀成半月形，一直拉動，將樹葉抖落。這個人，無論什麼遇見他，都保管遭殃。

「你也每天來？」我問。

「我要來同她說話，」石奇說：「我想盡辦法同她聯絡，我找遍城市的靈媒，我想她快想瘋了。」

「有無成績？」

他不回答我，蹲到墓碑背面，用額角支撐住石碑，那種情況，看起來令人心酸。

「噓噓，」我哄他：「起來，叫人看見多是非，你不想這樣吧，」我輕輕拉起他，「過一陣子就好了，你不會一輩子如此。」

他把頭靠在我肩膀上，我輕輕推開他。

「讓開讓開，」我說：「我快要結婚，得避嫌疑，你不能害我。」

石奇說道：「誰也不屬於我。」

「要人屬於你，你先要屬於人，你肯不肯放棄自己，去屬於一個女孩子？」

他不敢回答我。

「好好拍戲，石奇，珍重前途。」我說。

石奇自草地拾起帶來的花束，密密的放在墓前。

石奇擁抱我一下，「再見朋友。」他說。

我向他睞睞眼，「我們總是你的朋友。」

「一起走吧。」他說。

「我還要等人。」

「等人？在這裏等人？」

「是，我有靈感有一個人會來。」

「誰？」

我不說，我希望是張煦。他人在香港，應當來。

今天，是姚晶的生日。

話還沒有說完，看到小徑上拖男帶女來了一大堆人。

看清楚些，是趙怡芬與趙月娥，還拖着大寶小寶。我有點慚愧，一直看低她們，不認為她們是姚晶的同類，但是親情到底有流露的一日。

她們似忘記我是誰，並無留神，我知趣地把石奇拉到一旁，讓大樹擋住。

但見她們結結棍棍的鞠躬，然後獻上鮮花，拉隊走了。

「是誰？」石奇問：「不像影迷。」

「是姚晶的兩個姐姐。」

「什麼？她們？」石奇訝異，「真沒想到。」

石奇根本不曉得姚晶的真面目，亦無此必要。我溫和的再次向他道別。

遠遠傳來汽車喇叭聲，石奇醒覺地抬抬頭。

我即時明白，他有朋友在車上等他。

是誰？男抑或女？

啊忘不了姚晶是一回事，叫他不風流快活又是另外一件事。

我還沒有機會運用我的想像力，小徑盡頭已經出現一個穿鮮紅大領口裙子的女孩子，身材玲瓏浮凸，用雙手插着腰，似笑非笑的看着石奇。

離遠都可以看得出那是個美女，眼睛黑白分明，太陽棕皮膚使她更加健美。

石奇連忙趕過去，轉頭向我揮揮手。

我苦笑。

石奇一走天就轉陰，天淅淅落起雨來，我打開傘。

看看錶，也到中飯時間，我想張煦大概是要缺席了。

傘上的水珠如滿天星。

我慢慢離開，在微雨中花益發香。

走到路邊，有人下車叫我：「徐小姐。」

我一怔，張煦！

「張先生，原來你早已來了。」我驚喜。

他戴着副黑眼鏡，穿黑西裝，文質彬彬，老樣子。

「你幾時來的？」

「十點多，我看着你進去。」

「你專程等我？」

「是，有話要同你說。」

「啊。」

「我們去喝杯咖啡好嗎？」

我上他的車子，他吩咐司機駛往郊區。

張家的人似乎對黑色有莫大的好感，也正配合他們家人的性格：冷漠、高貴、遙遠。

我們到目的地，雨仍然下。在咖啡室找到一張近窗的座位坐下。

他點起一支煙，半晌不說話。

張煦這個人絕對不易相處，怎麼做夫妻？一塊冰似，半日不說一句話，內心世界神秘如金字塔，再費勁也摸不到邊際來。

張煦終於開口了，他說：「晶去世前一日，我們也說過話。」

原來說話是大節目。

原來平時他們是不說話的。

我等他說下去。

「我們談到分手的問題。」

啊。

「我的意見是……我的意見是……這樣的夫妻關係，不如分開。」

咖啡室內本來只有我們一桌人，死寂一片。這個時候多一雙年輕的男女進來，坐在不遠處。

他們在打情罵俏——

「如果你愛我，就該跪着正式向我求婚。」

「好，我先去買隻墊子。」

女的推男的一下，男的趁勢摟住她。

張煦說下去：「她一直在哭。」

我呆着一張臉聽下去。

年輕的女郎說：「唔，人家看見了。」

「理他們呢。」男的把她拉得更近一些，上下其手。

張煦說：「她哭個不停。」

熱戀中的男女明目張膽地嘻嘻哈哈拍打對方。

張煦忽然忍無可忍，轉頭對他們大喝一聲：「閉嘴！」

罵得好。

趁他們震驚的時候，我走過去，自口袋裏取出一百元，「去，叫計程車到最近的旅館去，遲者自誤，慾火焚身。」

那男的還要出聲，那個女的拉一拉他袖子，兩個人總算離去。

領班趕過來道歉。

我回到原來的座位上。

張煦用手掩着臉說下去。「我求她不要哭，她叫我出去走走，不用理她。我只得自己去吃酒。

「我想了很久，認為離婚對她有好處。

「我在清晨才回家。她不在床上。我在書房找到她，她整個上身伏在書桌上。她停止哭泣。我收拾行李的時候，她還幫我忙。當天我飛往紐約。

「三天之後，律師通知我，她死於心臟病。」

我問：「她是不是自殺？」

「不。」他說：「絕對不是。」

那麼她死於心碎。

「她與我結婚時，寄望太大，她是個天真的女人，認為我可以給她一切。事後我令她失望，她失落甚多，又不肯向世人承認，一直不愉快。我原以為分手能夠幫助她。」

「她不能失去你，有你在那裏，她至少有個盼望。」

他不響，頭垂得很低，始終沒有除下太陽眼鏡。

我轉變話題：「你幾時結婚？」

他低低說：「我已結了婚了。」

「什麼？」

他不回答。

我有點萬念俱灰，他們太會得節哀順變了，那簡直不能置信。

「是那個芭蕾舞孃？」

他點點頭。

「你會快樂？」

他茫然。

我反而不忍，「只要你母親開心，你就會高興，男人夾在惡劣的婆媳關係中最痛苦。」他又無法離開家庭獨自生存。

「但是我會一生想念晶，她待我好到並無一句怨言。」

「我想她大概是欠你的，你可信前生嗎？」

他亦沒有回答。

我歎口氣，召來侍者結賬。

車子一直駛出市區。張煦懊悔得出血。如果此刻姚晶在生，也許他會有勇氣脫離張老太太來跟姚晶過活，但是姚晶已近年老色衰，能否再支撐一個開銷如此龐大的愛巢，實屬疑問。

我苦笑，或許她去得及時呢，再下去更加不堪，她是一個那麼在乎姿勢的女人。

張煦輕輕說：「她看人，一向不準，獨獨對你，徐小姐，你真的不負她所託。」

他真的這麼想？其實姚晶根本沒有經過選擇，只不過當時我恰巧在她身邊出現過，她順手一撈，就把我這個名字抓住，放在遺囑之內，完全是萬念俱灰，全不經意的一種舉止，反正除了她的親人男人，任何人都可以成為她的承繼人。

我抬起頭，「我到了。」

他讓我下車。

我與他握手道別。

壽頭在家中等我。

見我回來，也不以為意，只說：「看來我真得對你這種間歇性失蹤要習以為常才行。」

我過去坐下，微笑。

「今夜一起吃飯，已訂好房間，你父母親明天就要回紐約。」

「什麼地方，吃什麼菜？」

「你不用管，總而言之跟着來。」他笑，「爸爸的意思是，將來或者你可以幫新文周刊負責兩頁軟性資料如時裝化妝之類。」

我笑意很濃。「是的，而女人所能夠做，不過是那些。」

壽林不理我，他自管自說下去，「不過爸爸說你千萬別以教育家的姿態出現，教讀者如何穿如何吃，人家現在很精明的，看到小家氣自以為是的『專家文章』是要訕笑的。」

我問：「今晚吃什麼菜？」

壽林轉過頭來，「你看你，又不耐煩了，你以為我不知道？」我問：「我應該穿什麼衣服？」

「旗袍，旗袍可以應付任何場合。」

我開始換衣服，化妝，梳頭。壽林第一次坐在床沿看我做這些事，好像我們已經成為夫妻。

他一邊閒閒的道：「你倒說說看，姚晶是個怎麼樣的女人。」

「寂寞的女人。」

「誰相信！」壽林訕笑，「生命中那麼多男人，那麼濃的戲劇性，那麼七彩繽紛。」

「不不，其實她是套黑白片。」

「佐子，你真是怪，對事物總有與眾不同的一套看法。」

「但那是事實。」

「每個人都認為他看到的是事實。」壽林笑。

我不再與他分辯。

我換了一件旗袍又一件旗袍，不知怎麼，老是拿不定主意的。

也許是因為壽林全不介意，非常享受的樣子，他索性躺在床上，吃巧克力看報紙。

巧克力屑全撒在被褥上，一翻身，又被他壓在襯衫上，被體溫融化，一點一點棕色，邋遢得詼諧。

結了婚就是這樣子的了，不能計較，還是早些熟習的好。

父母終於來了電話來催。

我才匆匆穿襪子鞋子。

壽林打個呵欠放下報紙，老夫老妻格，我拉他起床。

我們叫車子趕去。以後，以後會有許多類似的應酬及宴會得雙雙出席，我們要盡力裝扮成一對璧人模樣，無論在打扮以及氣質方面都要襯到絕頂，好使觀者悅目。

難怪人家說夫妻的相貌會得越來越相似。

壽林在車內伸出手來，緊緊握住我的手。

我們倆算是經過了一番患難的。

趕到現場，父親滿面笑容的責備我們幾句，問我們為什麼遲到。

楊伯伯說：「來，快看煙花。」

只看見貴賓廳的落地玻璃窗外突然爆出一陣七彩的雨，如滴滴金絲爆炸起來，形成龐大的一朵傘形的花，向我們迎面撲過來，幾乎一伸手就可以抓住它的璀璨。

這朵煙雨包含了孔雀藍、艷紅、鮮黃、銀、金，以及電光紫好幾種耀眼的色彩，使人眼睛都睜不開來。

然而只一剎間，金屬粉便紛紛墜落，如星塵般，灑往海面，化為烏有。

天空歸於黑暗寂靜。

我等了數秒鐘，「咦，還有呢？」忍不住問。

楊伯母笑說：「就這麼多，沒有啦。」

「什麼？才數秒鐘就完了？」

「自然，放完了當然就沒了。」

「怎麼一片漆黑？」

「煙花放完，當然一片黑暗。」

「但是，但是剛才明明氣象萬千，美得令人窒息。」

「煙花就是那樣子的，傻子。」

我打一個寒顫，我應該比誰都明白。

「——來來來，各位起筷，這隻冷盤還不錯，醺蹄更是一流的，各位不要客氣——」

我是早該知道的。

她比煙花寂寞。